虚弱タンク令嬢は年中無休で発熱中

派遣先が人外魔境だったのです…。

香　月　航

W A T A R U　K A D U K I

一迅社文庫アイリス

CONTENTS

1章　ご指名の魔力タンクは超虚弱です　8
2章　辺境伯領は人外魔境でした　72
3章　戦地の人々は生き方がたくましいです　131
4章　あなたは好きになってはいけない人なのに　201
5章　虚弱タンク令嬢は、できることを頑張ります　242
番外編　エスコートの裏側　295
あとがき　302

セオドア
ワイアット辺境伯家の子息。
王国でも指折りの剣士として
有名だが、魔力がまったく
ないことから
“ゼロの剣士”と呼ばれている。
ジゼル
バークレイ伯爵家の長女。
マナ過剰吸収症を
患っているため、常に高熱に
悩まされ、虚弱体質に。
魔力を発散しないと
熱が下がらないため、日夜、
魔力消費に明け暮れている。
虚弱タンク令嬢は
年中無休で発熱中
派遣先が
人外魔境だった
のです…。

人物紹介

ロレッタ

バークレイ伯爵家のジゼル専属侍女。
ジゼルのために動きやすい乗馬服で仕事をしている。

マナ

大気中に漂う不思議な力を持つ粒子。

魔力

人体に取り込まれたマナが変質したもの。様々な効果を発現したり、道具を動かすエネルギーとして活用されている。

マナ過剰吸収症

十万人に一人が罹患する珍しい病気。
呼吸をするだけで、人の何倍もの速さでマナを吸収し続けてしまう病。
魔力の放出が追いつかず、限界を超えてマナを取り込むと、熱暴走を起こしてしまう。

タンク

魔力を蓄積することができる樽型の道具。

マナ噴出地帯

マナが大量に集まった土地。
本来不可視のマナが赤く輝く煙のように噴き出しており、死の土地と言われている。

骸獣

高濃度のマナが宿ったことで動き出してしまった物質の総称。
特別な武器でしか討伐できない。

マナ武器

骸獣を討伐するために必要な武器。
素材が特殊で、大量生産できないうえに、燃費がものすごく悪い武器でもある。

イラストレーション◆山下ナナオ

Weak tank lady always gives heat.

虚弱タンク令嬢は年中無休で発熱中　派遣先が人外魔境だったのです…。

1章　ご指名の魔力タンクは超虚弱です

大陸の西側を統《す》べるサクワイア王国では、ここ数年、話題になっている領地がある。

その名は、バークレイ伯爵領。

王都にもほど近いそこは、爵位の割にはやや広さが足りないものの、大きな運河が通っているために、観光地としてもともと人気もあった土地だ。

だが、ここ数年の間に、別の理由で注目をされている。

さて、そんな話題の領主である同名伯爵家の一日は、日が昇って間もない早朝から始まる。

仕込みのある料理人たちの朝が早いのはどの屋敷でも同じだが、バークレイ家は少し違う。

屋敷の廊下を颯爽《さっそう》と歩いていくのは、使用人にしては仕立ての良い黒地の正装に身を包んだ従僕たちだ。一人を先頭に四名が列になり続く。腰までの短い丈の上着の裾を揺らしながら歩く様は、まるで軍隊のように整っている。

先頭を行くのは、もちろん彼らの上司たる執事……かと思いきや、なんと女性だ。

「おはようございます、ロレッタさん。こちらお願いします」

途中、分かれ道になった通路から、別の使用人たちが何かを押しながら声をかけてくる。

ロレッタと呼ばれた女性はしっかりと頷《うなず》くと、二名にそれを受け取るように指示を出した。

歳《とし》は二十に届かないぐらいか。こげ茶色の髪をきっちりとまとめた凛々《りり》しい顔つきの彼女は、従僕たちよりも長い上着の裾を翻《ひるがえ》し、堂々と先導していく。

紺色の上着に白のパンツ、膝《ひざ》までの革ブーツを合わせた衣装はいわゆる乗馬服である。中に着ているブラウスが詰襟のせいか、彼女の装《よそお》いもまた軍人じみていた。

そして、今使用人たちから渡されたものは、医療用の担架に支柱と滑車を足したような形の特製ワゴンだ。整った足音に車輪の音を加えながら、五人はまた進んでいく。

「あなたたち、準備を」

そうして一行は、物々しい雰囲気のまま屋敷の主人たちが生活する居住階へと差しかかる。

当然、目的地は主《あるじ》たる現伯爵だと思われそうだが、これも違う。

「お嬢様、おはようございます。ロレッタです」

ロレッタがノックをしたのは、最奥《さいおう》の主人の居室よりも三つほど手前。この伯爵家の長女である令嬢ジゼル・バークレイの居室だった。

「おはよう……どうぞ」

「失礼します！」

扉越しにしても弱弱しい声に眉を顰《ひそ》めたロレッタは、破るような勢いで扉を開く。

すぐに視界に飛び込んできた令嬢の姿は、かけ布団に埋もれるほどに小柄で細く、今にも消えてしまいそうにか弱く見えた。

「お嬢様、意識はありますか？」

「今のところは……けど、そう長くはもたないと、思う……」

風のような速さで駆け寄ったロレッタに、みの虫のような格好のジゼルがかすかに微笑《ほほえ》む。

血の気《け》の薄い真っ白な肌は朱色に上気し、金に輝く瞳には涙の膜が張っている。さらさらと顔を隠すようにこぼれる灰色の髪が、より儚《はかな》さを引き立て……誰がどう見ても重病人だ。

「移動用担架を早く！　あなたたちは、夜用の〝ダンク〟を回収してください！」

『はい!!』

ロレッタの鋭《するど》い指示に、ついてきた四人も素早く動き出す。

まずは前列にいた二人が同じように駆け寄り、一人がジゼルを抱き上げて担架に寝かせて、一人は安全に動けるように反対側へと回った。

残りの二人はベッドの脇へと回ると、指示された〝回収〟作業を始めている。

「お嬢様、行きますよ」

「おー」

力の全く入っていない返事を合図に、大型ワゴンこと移動用担架が走り出す。目指すは医療機関……ではなく、同じ階の廊下の突き当たりだ。

「ロレッタさん！」

主人の部屋のすぐ隣、壁に大きな窓を備えつけたそこでは、今度こそ女性用のお仕着せとエプロンをまとったメイドが一人、片手を挙げて待機している。

その手に持つのは、手のひらに収まる程度の銀板だ。下部には水やりホースめいた太い管がくっついており、開いた窓から外へと続いている。

「外のタンクの準備は⁉」

「いつでもどうぞ！」

ロレッタの呼びかけに、窓の外から元気な返事が聞こえる。地上二階から続く管がねじれないように、また別の侍従が支えていた。

「お嬢様、どうぞ」

丁寧《ていねい》に差し出された銀板を、ジゼルの細い手が掴《つか》む。

――瞬間、未《いま》だ薄暗い早朝の世界を照らすように、板と管が強い光を放った。

光はジゼルを始点として、水が流れるように外へと続いていく。……と同時に、赤く染まっていたジゼルの肌も、ゆっくりと常時のものへと戻《もど》り始めた。

「はあ、助かった……毎朝迷惑をかけてごめんね、みんな。いつもありがとう」

「お気になさらないでください。相変わらずお嬢様の『魔力』はとんでもない量ですね」

「あはは……世紀の奇病〝マナ過剰《かじょう》吸収症〟の罹患者《りかんしゃ》だからね……」

煌々《こうこう》と輝く銀板と管を見つめながら、ジゼルは深く息を吐いた。

この世界の大気には、『マナ』と呼ばれる不思議な力を持つ粒子が混ざっている。

〝神からの贈り物〟とも呼ばれ、大昔からずっと研究が続けられているものの、現在でも全容は明らかになっていない。唯一確かになっているのは、マナは一度人体に取り込まれることによって、エネルギーとして利用が可能だということだ。

人体に取り込まれたマナは『魔力』という覚えやすい名称に変わり、様々な効果を発現する。魔力を自在に操ることから『魔術師』と呼ばれた人々が、時代を作ってきたといえるだろう。

……しかし、時代が進むにつれて、魔術師は年々減っている。というのも、彼らの技術は大味なため、戦時中ならまだしも、平和な世においては少々危険すぎたのだ。

では、マナは利用されなくなったのかといえば、そんなことはない。

少数の魔術師だけが有効活用するのではなく、〝魔力を燃料として動く〟便利な道具が人々の暮らしに普及し始めたのである。

例えば、火を使わない安全なランプや、氷を用意しなくても食物を冷やしておける保冷庫。

他にも沢山《たくさん》の『マナ設備』が富裕層を中心に人々の生活の中に広がっている。

技術を修《おさ》める必要はなく、魔力を持っているだけで使えるのも流行の一因だ。

今や、魔力を多く持つ人間は、大金持ちと同義。魔力提供を仕事にしたり、税金を魔力と労働で支払える領もあるぐらいである。

そんなご時勢なので、〝マナ過剰吸収症〟といえば、実は誰もが羨《うらや》ましがる病だ。十万人に一人の罹患率といわれているが、実際はもっと少なく、この国でも患者はジゼルただ一人。

病状は名前の通り、とにかくマナを吸収し続けるというもの。ジゼルは呼吸するだけで、人の何倍もの速さでマナを体内に取り込み続けている。

——この病気の最大の問題は、魔力放出が全く追いつかないことだ。

限界を超えて取り込まれたマナは熱暴走を起こし、体温は日常的に生死の境を彷徨《さまよ》っている始末。少しでも油断すると、あっという間に致死域の高熱を発してしまう。

ちなみに、ジゼルの魔力保有量が少ないから、すぐに限界に達するというわけでもない。魔力を数値化した際、一般人の平均が約百といわれる中で、ジゼルは億に近いと判明している。

常人よりはるかに多い保有量をもってしても、吸収のほうが速いのである。

(本当に、タンクの発明がもう少し遅かったら、わたしはとっくに生きていないわね)

ジゼルが手渡された銀板と管、そして自室と外に設置されている通称〝ダンク〟は、二十年ほど前に実用化されたばかりの、まだ新しい技術だ。

銀を中心に複数の金属で造られたこの道具は、魔力を蓄積することが可能なのである。

これにより、補給者が傍《そば》にいないと使えなかったマナ設備は、タンクを備えれば自立稼働が可能になった。魔力を溜《た》めておく必要はあるが、人々の生活はどんどん快適になっている。

魔力を放出しなければ命にかかわるジゼルにとっては、まさしく命綱だ。

(まあ、個人でこんな大きなタンクを持っているのは、我が家だけでしょうけど)

タンクはだいたい樽《たる》のような形をしており、広く市販されている。最小型は手のひらに納まるぐらいで、最大型は人の頭程度の大きさだ。

部屋から回収されたのはこの最大型であり、夜の内に二個満タンにしてしまっている。

そして、今ジゼルが握っている管が繋《つな》がるタンクは、さらに巨大な伯爵家の特注品。

高さは成人男性の身長の約二倍あり、直径も同じく平均肩幅の四倍はある、規格外としかいいようがない超巨大タンクである。

その厳《いか》めしい物体が、この屋敷の庭には常時四本設置されている。貴族の庭というより、何かの工場だと言われたほうがしっくりくる光景だ。

(発光が迷惑にならないよう外装をつけているから、余計に物々しく見えるのよね)

タンクは蓄積量が視覚的にわかりやすいよう設計されており、魔力が満タンの時は橙色《だいだいいろ》の淡い光を放ち、少なくなるにつれて光が白くなる。発光がなくなったら空っぽの合図だ。

だが、ジゼルが補充すると魔力が多すぎるせいか、本来よりずっと強く光ってしまう。暗闇でほんのり明るいぐらいの光量のはずが、鍛冶場《かじば》で熱した鉄のような様相になるのだ。

毎日回収する従僕たちも、きっと触るのが恐ろしいだろう。熱くはないのがまだ救いか。

(しかも、これでも治まらないのだもの。本当に困った病だわ)

この超巨大タンクとて、ジゼルにかかれば二日ももたない。実は他にも複数本あり、ジゼルが満タンにする度《たび》に交換しているのだが、それもまたかなりの重労働だ。

「何か、手立てがあるといいのだけど……」

治療方法は未だ見つからず、症状を抑える手段も地道に魔力を放出するしかない。

熱の下がり切らない体を横たえたまま、ジゼルはそっと目を閉じる。

光る管の向こうでは、太陽が本格的に世界を照らし始めていた。


「ジゼル、今朝は大丈夫かい？　熱はどれぐらいなんだ？」

「ジゼルちゃん、起きていてもいいの？　体が辛《つら》ければ、部屋に運んでもらってもいいのよ？」

「姉さん、今日は少し顔色がいいね。でも、無理はしないでよ」

起床からようやく魔力が落ち着いたジゼルが食堂へ向かうと、朝の挨拶《あいさつ》の前に元気な声が迎えてくれた。順番に、伯爵である父、母、そして二つ下の弟である。

「お、おはようございます」

若干《じゃっかん》気圧《けお》されつつも、これも毎日のことなので笑って流しておく。

背後のロレッタに目配せをすれば、彼女もまた慣れた様子でジゼルの席へと運んでくれた。

起きている時のジゼルの移動は、ほとんど車椅子だ。屋敷内を改装してあるのはもちろん、座面の下にはタンク入れがついており、いつでも魔力を消費できる仕様になっている。

「おはよう、ジゼル。今日もお前の顔が見られて嬉《うれ》しいよ」

そう言って父は、本当に嬉しそうに微笑む。バークレイ家は貴族にしては珍しく、両親が子どもを心から愛してくれるため、家族仲もとても良好だ。

特に幼少期のジゼルへの過保護ぶりは尋常《じんじょう》ではなく、暇《ひま》さえあれば部屋を訪れて安否確認をしていたほどだ。……もっとも、少し目を離したら死にそうだったのも事実なので、ある意味当然なのかもしれないが。

「今朝姉さんから預かったタンクは、早速厨房《ちゅうぼう》で使わせてもらってるよ。今車椅子に載ってる細かいのも、溜まったらエントランスで使っていい？」

「もちろんよ、フィル。むしろ、どんどんお願い」

「ありがとう。実は洗濯室に、もう少し大きい乾燥機を入れようと思ってて……」

心配性な両親とは逆に、弟のフィルは案ずるよりも行動を信条として協力してくれている。

ジゼルの魔力を積極的に消費するために、バークレイ家の屋敷には彼発案のマナ家具がいたるところに配置されているのだ。

おかげで、バークレイといえば新作マナ設備をいち早く試してくれる家と噂《うわさ》になっており、燃費の悪い試作品なども使われている。我が家での実験をもとに改良品が市場へ出ることもあるので、研究者や職人たちからも喜ばれているらしい。

（わたしとしては、燃費が悪いぐらいでちょうどいいんだけどね）

誰もがジゼルのように魔力を余らせているわけではないので、そこは仕方のないことだ。

それに、魔力量が少なくてマナ家具を使えないという者には、バークレイ家勤めは大変人気があると聞く。便利な道具が使い放題どころか「率先して使え」と命じられるので、『ここに勤めたら他には絶対移りたくない』というほど、快適な職場なのだそうだ。

よその事情は知らないが、皆に喜ばれるのなら嬉しい話である。

「わたしの魔力が、役に立てると……頑張って生きようって、思えるわ」

「……姉さんって本当に自覚がないよね」

素直に喜ぶジゼルに、フィルをはじめ家族たちは何とも切なそうな表情を向けてくる。うまく言えないが、眩《まぶ》しいものを見るような目つきに似ていた。

(あれ、変なことを言ったかしら?)

――ともあれ、今日も朝食は和《なご》やかに終わったのだった。

「お嬢様はもう少し、ご自身の価値を自覚するべきだと思います」

「え、ええ……?」

その後、自室へ戻ってロレッタに告げられたのは、もはや聞き慣れたお説教だった。

「わたし、お荷物の自覚はあるわ。一人では、生きることも、ままならないんだから」

事実、食堂から車椅子を押してもらって戻り、すぐまたベッドに横になっている。貴族の令嬢としては、ありえない怠惰《たいだ》ぶりだ。

　しかもジゼルの装いは、いつでも横になれるよう作られた、ワンピース型の寝間着だ。一応、人様に見られても問題ない特製品だが、寝間着には変わらない。

　伯爵令嬢でありながら、盛装はもちろん、コルセットなどの矯正《きょうせい》下着とも縁がないまま成人年齢の十六歳を迎えてしまったことは、ジゼル本人も恥ずべきことだと思っている。

「よろしいですか、お嬢様。体調の優れない方をお助けするのは、良心のある人間なら当然のことです。何より、私どもはそのために雇われているのですよ？　お給金をいただいて、仕事として働いているのですから、〝救われている〟なんて考える必要はございません！」

「それは、そうだけど……」

　気が昂《たかぶ》っているらしいロレッタは、腰に両手を当ててドンと立っている。勇ましい姿は乗馬服も相まって戦士のようにも見えるが、彼女の職はジゼルの専属侍女だ。

（本当は身支度《みじたく》の手伝いやお茶を淹《い》れてくれることが仕事よね。わたしが盛装もお化粧もしないせいで、ロレッタに任せている仕事は看病と介護だもの……明らかに逸脱《いつだつ》しているわ）

　ロレッタがお仕着せではなく男装のような乗馬服を常用しているのは、ジゼルのためだ。しょっちゅう倒れるジゼルを助けるためには、裾の長いスカートでは動きにくいから、と。

　なので、彼女の装いは支給品ではなく全て私物だ。実際に、彼女が馬を駆って医師へ連絡したり、ジゼルを運んでくれたことも一度や二度ではない。

「お嬢様が頑張ってくださるおかげで、バークレイ家は国内でも有数の富豪となったのですよ」

思考が暗くなりそうなジゼルを慰《なぐさ》めるように、ロレッタが優しく伝えてくる。

バークレイ家がお金持ちになった理由は、ジゼルが散々放出している魔力タンクにある。

もともと税収も安定しているが、用途が豊富すぎる魔力はどこからも需要があるため、満タンの特注タンクは領外にも貸し出している。その収入は、なかなかとんでもない額なのだ。

「それに、こちらの領地も、今一番住みたい町として有名なんです」

「一番？　それは、すごいわ」

「ええ。便利で安全、そして快適に暮らせる町ですからね」

バークレイ領の公共施設には、マナ設備が大量に配置されている。通常品と比べれば安全かつ快適なので、領民からも好評だとジゼルも聞いたことがあった。

「でも、設備を用意してくださったのは、お父様たちよ。そのための工事費用も……。わたしのおかげとは、言えないでしょう」

そもそも、町にマナ設備を投入しまくっているのも、娘の魔力消費を助けるためだ。それを〝己の功績〟と言えるほど、ジゼルも厚顔ではない。

「それが、お嬢様のおかげだと言えてしまうのですよ。領民たちからの信頼に領地の名声、費用対効果を考えれば、工事費用など初期投資として破格すぎます」

「まあ。ロレッタは、ずいぶん詳《くわ》しいのね」

「お嬢様にお仕《つか》えするために、日々学んでおりますので」

キリッと表情を引き締めた彼女に、思わず笑ってしまう。

こういうところも、普通の侍女には必要のない頑張りだ。ジゼルがこんな体なせいで、ロレッタには様々な苦労を強《し》いてしまっている。

「……本当に、ありがたいわ。わたしは社交もできなくて、貴族として役立たずなのに……みんなが、支えてくれる。頑張って生きて、恩返しをしないと……」

「ですから、お嬢様のほうがはるかに皆を支えておられると言っているのですが……はあ。こういうお嬢様だからこそ、皆も全力で尽くしたいと思うのでしょうね」

小さくため息をこぼしたロレッタは、そっとかけ布団を撫《な》でてから、ジゼルの手を握りしめる。ロレッタの手がひんやりしているように感じたのは、熱が上がってきたからかもしれない。

「また熱いですね。氷嚢《ひょうのう》をお持ちしますか？」

「まだ、大丈夫……でも、新しいタンクを、持ってきてもらえる？」

「すでに用意済みです。ゆっくりお休みになってください」

「……ありがとう、ロレッタ」

痛ましげに眉を顰める彼女に、できる限りの笑みを返す。握られた手を見比べれば、ジゼルのものは情けなくなるほど細くて小さかった。

（本当に、貴族令嬢とは思えない貧相な体ね。みんなにも迷惑をかけてばかり……でも、だか

らこそ、何も成《な》せずに死ぬわけにはいかないわ）
一人で生きることすらままならないジゼルでも、放出した魔力は役に立てる。少しでも皆の優しさに恩返しができるのなら、必ず最期《さいご》まで足掻《あが》いて生きなければ。
（人並みとは決して言えないけれど、この生活をこれからも大事にしていきたい）
――そう願うジゼルを翻弄《ほんろう》するように世界が動いているなど、この時は知る由《よし》もなかった。

＊＊＊

その日の空はひどく曇っていて、今にも雨が降り出しそうな天気だった。

ベッドに腰掛けて読書をしていたジゼルのもとに、思いもよらぬ報《しら》せが届いたのである。

青い顔をしたロレッタが持ってきたのは、本日屋敷を訪れている客人が、ジゼルとの面談を要望しているという報告だった。

「……お客様が、わたしに？」

（今日お客様がいらっしゃることは、事前に聞いていたから把握しているけれど）

相手が誰なのかまでは、会う予定のないジゼルには伝えられていない。

「まさか、縁談の類《たぐい》ではないわよね？」

「違うと思います。その手のお話は、全て旦那様が断っておられますし。お嬢様が病弱であることは、社交界では周知のはずです」

社交のできない妻を欲する貴族など、滅多《めった》にいないだろう。ジゼルはずいぶん前から結婚も諦《あきら》めているし、家族もそれに理解を示してくれている。

「ちなみに、どなたなのか、お名前は聞いてる？」

「……ワイアット辺境伯家の、ご令息です」

「辺境伯家⁉」

ロレッタが言いづらそうに口にした名に、ジゼルも珍しく大きな声が出てしまった。

辺境伯家といえば、国境の土地を守る国防の要《かなめ》だ。有事の最前線となる危険な土地の守り手として、戦闘に特化した軍人が多いと本で読んだことがある。

伯爵より格上で、だいたい侯爵と同等とされているが、状況によってはもっと上だ。

（そんな方のご要望では、お父様も強くは出られないわね）

しかも、ジゼルは今日体調が良い。当然、タンクに繋がる補充管を本と手のひらの間に入れているが、文章を読んでいても頭痛がしないのは一月に一度あるかないかだ。

「でも、この格好でお会いしたら、失礼かしら」

視線を落とせば、薄青のストンとした寝間着が飛び込んでくる。柔らかいレースやフリル飾りと、一応リボンと思《おぼ》しきものが胸元についているが、普段着とはいえない装いである。

かといって、わずかな会談のために着替える体力があるかといったら怪しい。支度をしている間に倒れてもおかしくないのがジゼルだ。

「少し髪を梳《す》くだけで大丈夫ですよ。急に難題を申し付けてきたのはあちらなのですし！」

「……そうね、用件だけお聞きしたら、すぐに戻りましょうか」

眉を吊《つ》り上げるロレッタを両手で宥《なだ》めると、彼女は渋々《しぶしぶ》といった様子でジゼルの髪に櫛《くし》を通した。いじることがないので傷《いた》みこそ少ないが、どうしても地味である。

頼まずとも用意してくれた車椅子に腰を下ろすと、さっと膝に毛布がかけられて、車輪が動き出す。足元にはタンクも準備済みだ。

（それにしても、辺境伯家の方が、わたしに何のご用なのかしら）

廊下を進むと、すれ違う使用人たちは皆、ひどく心配そうな表情でこちらを見つめてくる。どうしたのかと思っていると……その答えはすぐに耳に届いた。

（この声、お父様よね？　怒っているように感じるけど）

目的の応接室に近付くにつれて、男性の感情的な声が聞こえてきてしまったのだ。

ロレッタとも顔を見合わせてから、なるべく静かに車椅子を扉の前まで持っていく。

そっと「必ずお守りします」と囁《ささや》かれた言葉が、申し訳なくも頼もしかった。

「お取り込み中失礼いたします、旦那様。ジゼル様をお連れいたしました」

「ロレッタか。……ああ、入ってくれ」

ノックの後にロレッタが呼びかけると、一拍間を置いてから、いつも通りの声が返ってくる。

恐る恐る扉を開くと、応接室の中は異質な空気に包まれていた。

空気がギスギスと張りつめていて、肌に刺さるように感じる。ジゼルが二の腕をさすると、ロレッタが守るように一歩前に出たのがわかった。

（一体、何があったのかしら）

バークレイ家の応接室は、三人がけのソファがテーブルを挟んで二脚設置されている。

奥の席に座っているのは疲れた様子の両親だ。そして手前のソファには、一人の男性の後頭部が見える。やや癖のある小麦色の髪で、首元で一つに結んだ後ろ毛がしっぽのようだ。

彼はスッと立ち上がると、躊躇《ためら》うことなくジゼルのほうへふり返った。

「え？　車椅子？」

直後、思わずといった感じの声が彼の口から落ちる。

夕日のような朱色の瞳は見開かれており、表情からは想定外の驚きがありありと伝わった。

（この方が、辺境伯家のご令息なのよね）

一方、虚弱ぶりに驚かれ慣れているジゼルは、彼を観察することができた。

表情こそ少々間抜けだが、整った容貌の男性だ。戦う領地の人間らしく、肌はよく日に焼けた健康的な色で、体つきは衣服越しでもわかるほどにガッチリとしている。

装いも黒を基調とした開襟型の軍服のような上着とズボンに、膝までの硬そうな革ブーツだ。

中に着ている白いシャツも着崩してはおらず、きっちりと結ばれた臙脂色《えんじいろ》のネクタイがますます軍人めいた厳めしさを感じさせる。

人好きしそうな顔立ちを貴族らしく引き締める、という意味では大成功だろう。

身長は特別高いわけではないが、ちびなジゼルと比べれば頭一つ分ぐらいは差がありそうだ。

「このような格好で、失礼いたします。バークレイ家長女、ジゼルでございます」

「……あっ！」

気を取り直してジゼルが名乗りと共に頭を下げると、彼もハッとしたようにソファからこちらまで歩み寄り、丁寧な礼を返してくれた。

「ワイアット辺境伯家の長子セオドアだ。……失礼な態度をとって申し訳ない。体が弱いとは聞いていたんだが、まさか歩けないほどとは思わなくて」

「お気になさらないでください。わたしは、歩くのがとても遅いだけ、なので」

歩けないわけではないと告げると、男……セオドアは明らかにホッとしたように息を吐いた。

頭を戻した姿勢《しせい》は背筋がピンと伸びていて、やはり軍人らしさが感じられる。

「ジゼル、こちらへ」

そうこうしていると、父伯爵から鋭い声で呼ばれた。普段ジゼルにはめっぽう甘い父なので、威厳ある姿を見ると逆に驚いてしまう。

ほどなくして両親の隣に車輪を止めると、セオドアも向かいのソファへ戻ってきた。表情も真剣なものへと変わっている。

「わたしにご用と、伺《うかが》ったのですが……ご用件を、お聞きしても？」

「急に呼び出して申し訳ない。失礼は承知の上で、緊急の話なんだ」

彼の膝の上の拳《こぶし》が、ぎゅっと音が聞こえるほど強く握られる。

眉間《みけん》にも深い皺《しわ》を刻んだ彼は、一瞬躊躇った後——懐《ふところ》から一枚の手紙を差し出してきた。

「……ッ!?　これは」

テーブルに置かれたそれを見た瞬間、両親が揃《そろ》って息を呑《の》んだ。

真っ白な封筒の蝋《ろう》に押されていたのは、なんとサクワイアの国王陛下の印璽《いんじ》だったのだ。

「何故《なぜ》、陛下の印が……これは本物なのですか？」

「神に誓って本物です。俺のような若造の言うことは信じられなくても、陛下のお言葉ならばきっと信じていただけるでしょう。……どうか、ご確認ください」

苦しそうに目を伏せたセオドアは、そのまま待機の姿勢を見せる。

(全く話の流れがわからないけど、このお手紙を読めば理由がわかるってことよね)

両親と顔を見合わせて頷くと、父が高貴な印を刻んだ蝋をそっと崩す。

そして、開いて真っ先に飛び込んだ文字に、ジゼルは目を疑った。

『バークレイ伯爵家の長女ジゼル・バークレイを、ワイアット辺境伯領へ派遣してほしい』

達筆な文字で記されていたのは、そんなとんでもない指令だったのだ。

（わたしが、辺境伯領に？　ど、どういうこと!?）

驚きと困惑で、時間が止まったような錯覚を覚える。

何故？　どうして自分が？　わけがわからなくて、続きの文章が頭に入ってこない。

何度見返しても、最初の一文だけが目に刺さる。自室を出るにも人の手を借りなければならないジゼルに、よその領地へ行けと確かに書かれている。

「あ、の……これ、は……」

カラカラに乾いた喉から、なんとか声を絞り出す。

返答を求めた相手であるセオドアは、ジゼルの問いに瞼《まぶた》を開くと――そのまま勢いよく、中央のテーブルに額《ひたい》を叩《たた》きつけた。

「な、何を!?」

「書かれている通りだ。ジゼル・バークレイ嬢。どうか……どうか。伏してお頼み申し上げる」

顔を伏せたまま、セオドアが続ける。……切羽《せっぱ》詰まった、血を吐くような声だ。

「あなたの力を貸してほしい。どうか、我がワイアット領へ来てくれ」

「……ッ！」

あまりにも真剣な様子に、全身の肌が粟立《あわだ》つ。

何が起こっているのか、意味がわからない。わからないが――これが嘘《うそ》や冗談ではないこと

だけは、ハッキリと伝わってくる。

辺境伯領からわざわざやってきた彼は、ジゼルを連れていくために現れたのだと。

「そんなの、無理に決まっています！」

ジゼルの代わりに声を上げたのは、ソファに座っている母だった。

ジゼルとよく似た顔立ちは怒りで歪《ゆが》み、眉もぐんと吊り上がっている。

「あなた様は、この子の体をご存じないからこんな惨《むご》いことを口にできるのでしょう。ですが、ずっと傍で見てきた母親として、わたくしは絶対に反対させていただきます。我が屋敷から出ろとおっしゃること自体、この子には死刑宣告と同じなのですよ！　ましてや辺境伯領なんて、普通の人間にも遠い土地なのに……」

早口でまくしたてた母親は、そのまま顔を覆《おお》ってしまった。伯爵夫人として人前では常に淑《しと》やかであった母の激情に、当人のジゼルのほうが気圧されてしまう。

（でも、お母様の言う通りだわ。わたしがこの屋敷から出て、生きていけるとは思えない）

長い勤続を経《へ》てジゼルを熟知してくれた使用人たちと、常備された大量のタンク。そこに、積極的に消費してくれる領民たちの協力があって、ジゼルはようやく生きているのだ。

ここまでしてくれても頻繁《ひんぱん》に死にかける己が、外で生きられるわけがない。

（ここに来るまでに聞こえたお父様の怒声も、きっと同じ理由ね）

恐らく、ジゼルが来る前にも同じ話をしていたのだろう。父は黙って母の背を撫でているが、射貫《いぬ》くような強い視線をセオドアに向けている。

……声に出さないのは、当主である以上、国王の決定には異を唱えられないからか。

「ひどいことを言っているのは承知の上です！　ですが、ワイアットの兵たちももう限界なのです。陛下が、お力を貸してくださるほどに……！」

そしてセオドアも、引くに引けない状況のようだ。

未だ額をテーブルにこすりつけたまま、肩を震わせている。

「……あ、あの……お顔を、上げてください」

なんとか喋《しゃべ》れるようになったジゼルは、まず状況を落ち着かせるために声をかけた。

正直、まだ眩暈《めまい》がしそうなほど混乱してはいるが、待っていても事態は好転しない。国の頂点たる国王が出てきた以上、これは『決定事項』なのだから。

(陛下が直筆のお手紙をわたしにくださる理由なんて、一つしかないわ)

――つまりは、この身にあり余る膨大《ぼうだい》な魔力だ。

ワイアット辺境伯領は、何らかの理由でジゼルの魔力を欲している。

「…………」

早鐘《はやがね》を打つ心臓を、寝間着の上からぐっと押さえつける。二度、三度と深く息を吸っていると、セオドアがようやくテーブルから顔を上げた。

「……ひっ」

その眼光は鋭く、まさしく戦士の顔だった。何が何でもジゼルを連れていくという強すぎる決意を向けられて、貧弱な小娘は怯《おび》えることしかできない。

「セオドア・ワイアット様」

(あ……)

彼の視線を遮《さえぎ》るように、横から腕が差し出される。今度は父が動いてくれたようだ。車椅子の背後にいるロレッタも、ジゼルを守るように両手を肩に添えてくれている。

「ちゃんと、ご説明ください。この子が、あなた様の領地へ行かねばならぬ理由を。……お恥ずかしながら、娘にはワイアット辺境伯家の重要性をまだ学ばせておりません。一般教養ですら学ぶのが難しいほど、体調が安定しておりませんので」

(お、お父様!!)

庇《かば》ってくれたことに感謝したのも束《つか》の間《ま》、実の父からの『娘は無知です』宣言に涙が出そうになる。家庭教師の授業中に何度も倒れているのは事実だが、何も初対面の客人に恥を晒《さら》すことはないだろうに。

(……でも、わたしの体の駄目さ加減を知っていただくためには、必要な情報なのかも)

セオドアをちらりと窺《うかが》えば、彼は特に驚いた様子もなく話を受け止めているようだ。一度目を閉じると、少しだけ視線の強さをゆるめた。

「わかりました。では、我がワイアット領の説明を少しさせていただきます」

セオドアの真面目《まじめ》そうな声に、父も伸ばしていた腕を下ろす。改めて見えるようになったジゼルの顔を確認すると、彼は淡々と語り始めた。

――いわく、ワイアット辺境伯領には『マナ噴出地帯』という特殊な土地があるそうだ。

名前の通りマナが大量に集まった土地で、本来不可視のマナも、ここでだけは赤く輝く煙のような姿として噴き出しているのが見えるとのこと。

（それはまた、夢のような土地ね）

「噴出地帯は別名〝死の土地〟……マナが多すぎる大気の中では呼吸ができないため、人間はもちろん、全ての生物が近付くことすらかないません」

（そうなの!?　多すぎてもいけないなんて、わたしの病気と同じね）

ジゼルの考えを読んだかのような話に、目を瞬《またた》く。両親は黙って聞いているので、噴出地帯の危険性をもちろん知っているのだろう。

「噴出地帯ではここ十数年、急激にマナが増加しています。そのせいで『骸獣《がいじゅう》』も増え続けて、討伐が追いつかなくなってきた……というのが一番の理由です。骸獣の説明も必要ですか？」

「ええ、お願いします」

セオドアの確認に、父が首肯《しゅこう》を返す。こちらもジゼル以外の者は皆知っていることのようなので、知らない己のためだけに説明をさせるのも申し訳ない話だ。

（でも、派遣命令を受けたのはわたしだものね。討伐とおっしゃっているし、田畑を荒らす動

物のことではなさそうだけど）

セオドアと目を合わせると、彼は無知を咎《とが》めたりすることはなく、小さく頷く。ただ、朱色の瞳が、どこか寂しそうに翳《かげ》った気がした。

「骸獣とは、マナが宿ったことで動き出してしまった『物質』のことです。俺の領だと、材料は岩が多いですね。噴出地帯に小さい火山があるので」

（物質が、動く？）

にわかには信じがたい内容に、思わず手の中にある銀板へ視線を落とす。

手のひらに納まる小さな板と補充管は、ジゼルがどれだけ魔力を注いでもひとりでに動いたりはしない。繋がっているタンクも同様だ。

「タンクの素材とはまた別ですよ。それは魔力を込めても暴れ出したりしません。噴出地帯に置いておいたら、骸獣化するかもしれませんが」

「魔力ではなく〝マナ〟であることが原因だと言われていますね」

「俺もそう思っています。それも、高濃度のマナだからこそ起こることだと」

ジゼルの無言の問いに、セオドアと父が丁寧に答えてくれる。もし命綱であるタンクを「使ったら危ない」と止められてしまったら、それこそジゼルには死刑宣告だ。

（よかった。これがないと、わたしは生きていられる自信がないもの。……もし本当に、物が勝手に動き出すのなら、だけど）

セオドアは嘘をついているようには見えないが、説明だけで信じろと言われても、さすがに現実性に乏《とぼ》しい話だ。

ましてや、そのおとぎ話のようなもののせいで〝一領地が危機に瀕《ひん》している〟なんて。

「ジゼル嬢を望む理由は、先ほども申し上げた通り、この骸獣討伐のためです。マナに覆われた骸獣の表面は非常に硬く、普通の武器では傷一つつきません。そのため、『マナ武器』を用いて戦うのですが、骸獣が増えたせいで補充が追い付かなくなってしまいました」

ため息混じりに語る彼の説明に、ジゼルの頭には疑問符がまた増えていく。

(マナ武器ということは、魔力を補充して使う武器なのね。……どこに必要なのかしら?)

基本的に魔力は〝動力〟として必要なものだ。しかし、『武器』は自ら動かないものである。

(勝手に攻撃してくれる武器、というわけでもなさそうよね。それなら、『討伐』や『戦う』とは言わない気がするし)

どちらも人の行動を指す言葉だ。では、魔力を要する武器とは何なのか。

両親のほうに顔を向けてみれば、父が苦笑を浮かべながら、ジゼルの手を優しく握ってきた。

「マナ武器は我が家にもあるよ。保管庫の品を、以前見せたことがあるだろう?」

「あっ……あれ、ですか」

父の説明で、ジゼルの脳裏《のうり》にいつかの記憶が蘇《よみがえ》る。

貴重な品が保管されている部屋を父が見せてくれた際、確かに壁に剣が飾られていた。鞘《さや》に納められたままだったので、宝剣の類だと思っていた一品だ。

「マナ武器は、貴族の家ならどこも大抵《たいてい》一本は持っているはずだよ。魔力を込めることで特別な効果を発揮する、防衛の切り札だからね」

(そんな貴重なものなのね……)

貴族の家と限定したので、値も張るものなのだろう。そして、それを保管するのではなく実戦で使っていると思しき辺境伯領は、やはり高位貴族なのだと改めて実感する。

「確か、マナ武器はタンクからの補充ができず、直接魔力を込めないと使えないのでしたね」

「その通りです、バークレイ伯爵」

それはまた、ずいぶんと古風な代物《しろもの》だ。昨今使われている道具は、だいたいタンクからの補充に対応している。もしや、希少性を高めるために古い製法で作られているのか。

(……いいえ、実際に使う『武器』でそれはないわよね。辺境伯領の兵士の人数はわからないけど、全員分手作業で補充するとしたら相当な手間だわ。戦時には一刻を争う最前線の領地で、そんな悠長なことをわざわざするとは思えない)

単純に必要魔力量が多いだけでも、国王がジゼルを選んで派遣させるとは考えにくい。

「失礼ですが、ワイアット様。そのマナ武器を、我が家に送っていただく方法では駄目なのでしょうか？　こちらで娘に魔力を補充させて返送しますので、専用の配送契約を結ぶ形をご一考いただいても」

「残念ですが伯爵、無理な理由が三つあります。一つ目は素材が特殊なもので、大量生産ができない。二つ目は、硬い骸獣と日々戦うせいでよく壊れる。……現場で使う最低数を確保するのでやっとです。そして三つ目。必要な魔力量が多いのに、すぐに切れる。これはご存じかもしれませんが、マナ武器は燃費が恐ろしく悪い武器なのです」

「…………」

眉を顰めて苦しげに語ったセオドアに、ジゼルも両親も言葉を失ってしまった。

（送って戻すことが難しいほどの数しかなくて、しかも高燃費。けれど、その武器でしか戦えないのなら、魔力がとんでもなく多い人間を〝現場に〟配置するしかない）

――結果、魔力がダダ余りしているジゼルに白羽の矢が立ったわけだ。説明を聞けば、納得の人選ではある。

（でも、辺境伯領までわたしは行けるの……？）

問題はここだ。魔力を提供するのは構わないが、ジゼルの体はいうことを聞いてくれない。調子がいいと思っていたら、次の瞬間には死にかける、が日常的に起こるぐらいだ。

「……でも、王命では、拒否権は」

小声で呟《つぶや》いたつもりだったが、静かな応接室ではしっかりと聞こえてしまったらしい。顔色をなくす両親と同じように、セオドアも苦虫《にがむし》を噛《か》み潰《つぶ》したような表情をしている。

「……一応、準備時間はいただけたようだ。それで何とか対策を講じよう」

父に視線で促《うなが》されて、再度国王の手紙に目を向ける。

今度はなんとか読めた続きの文章には、『状況を鑑《かんが》みて、準備期間は五日ほど。そのために必要なものがあれば、王家が惜しみなく協力する』と記されていた。

（五日か……）

旅支度を整えるとしたら、長いのか短いのか悩む時間だ。

だが、『骸獣は王国全体の問題』だということや、『抑えきれなくなったら、この国の滅亡』とも併せて書かれているので、これが捻出《ねんしゅつ》できる時間の限界なのだろうと察せられる。

（骸獣は、わたしが思うよりもはるかに恐ろしい存在みたいね）

手紙には他にも、並みの魔力量の人間を集めても、もはや改善できる状況ではないこと。酷《こく》な話だと承知で、ワイアット領への派遣を『王命』として下すことが書かれている。

文字を指でなぞると、後半へいくにつれて筆圧が強くなって紙が凹《へこ》んでいた。国王もこれが、一人の娘を死なせるかもしれない選択だとわかっていたのだろう。

（でも、命令は届いてしまった。それなら、仮にも伯爵令嬢であるわたしがやるべきことは、一つしかないわ）

セオドアが屋敷に来た時から、ジゼルの運命は決まっていたのだ。

社交界に出られなくても、教養が足りなくても、ジゼルは間違いなくバークレイ伯爵令嬢――王に仕える臣下である。務めは、果たさねばならない。

「……ふう」

一度ゆっくりと深呼吸をしてから、セオドアをまっすぐに見つめる。視線に気付いた彼も、すぐに姿勢を正してくれた。

「……陛下からのご下命、承《うけたまわ》りました。卑小の身ではございますが、ジゼル・バークレイ、誠心誠意、務めさせていただきます」

「――感謝する」

なるべく格好よく聞こえるように答えたジゼルに対し、セオドアは深々と頭を下げた。

「ジゼル……」

セオドアとは反対に、両親はこの世の終わりのような表情を浮かべて、悲痛な声で娘の名を呼ぶ。逆らえないことはわかっていても、口にせずにはいられなかったようだ。

(こんなことを口にしたら、二人は怒るかもしれないけれど)

――実のところ、ジゼルの心の中には、不安と同じぐらい喜びも湧《わ》いていた。

なんといっても〝王命〟が、ジゼルを名指しして届いたのである。

それはつまり、国王がジゼルのことを認知していたということ。社交界デビューすらできていない、たかが伯爵家の娘を、国の頂点が知っていてくれたのだ。

(やっぱり、マナ過剰吸収症の罹患者だからかしら？)

何にしても、こうしてジゼルのもとに手紙とセオドアは辿《たど》りついた。一人で生きることすらままならない脆弱《ぜいじゃく》な小娘に〝必要〟だから来てほしい、と。

皆に迷惑をかけながら生かしてもらっているジゼルにとって、この上ない名誉だ。

（わたしなんかが役に立てるかもしれないんだもの。これは素晴らしいことだわ！）

辺境伯領までの旅はもちろん不安だが、宣言した今は喜びとやる気のほうが強い。今日は体調がいいことも相まって、世界が輝いて見えるほどだ。

「本人が覚悟を決めたようですから、辺境伯領行きは了承いたしました。ですが、準備には許された五日間、丸々使わせていただきます。先にもお伝えしましたが、娘はとても屋敷の外で生活できるような体ではございませんので」

決意をみなぎらせるジゼルとは逆に、不安しかないらしい父は、ハッキリとセオドアに伝える。声の強さは、せめてもの反抗であると訴えているようだ。

「……わかりました。陛下が決められたことですから、俺も従います。ですが伯爵、五日が上限だということは、覚えておいてください」

応じるセオドアもまた、眉間に深い皺を刻んで本意ではないことを露《あら》わにしている。

頼みに来た側の態度としては失礼だが、それだけ彼らに余裕がないということだろう。

（きっと、今すぐにでもわたしを連れて戻りたいのを我慢していらっしゃるのね。申し訳ないけど、さすがにそれは無理だわ）

やる気はあるが、ジゼルとて死にたくはない。この貧弱すぎる体を生かすためには、どれだけ準備をしても足りないぐらいなのだから。

（それでも、わたしは今、生きているもの）

ならば、成し遂げてみせる。ジゼルがもてる全てを懸けて、必ず。

「屋敷の近くに宿をとりますので、何か必要なものがあればいつでもお声がけください」

セオドアは挨拶代わりにそう言うと、サッと立ち上がってジゼルたちに背を向ける。

「あの、お見送り、を……」

「不要だ。そんなことより、少しでも体調の快復に努めてくれ」

慌《あわ》てて声をかけたジゼルにも、ふり返る素ぶりすらない。言っていることは正論だが、取りつく島もないとはこのことか。

やがて扉が閉まると、誰からともなくこぼれたため息の音が、部屋中に響いた。

「〝ゼロの剣士〟か……厄介な相手に見つかってしまったものだ」

「ぜろ？」

続いて、父が口にした二つ名のような言葉に、ジゼルが反応する。さっきの今なので、セオドアを指す呼び名だと思われるが。

「ああ、彼のことだよ。セオドア・ワイアットといえば、王国でも指折りの剣士として有名なんだが——同じぐらい有名なのが、彼には魔力がないということだ。正真正銘ゼロらしい」

思わず瞠目《どうもく》したジゼルに、父も苦笑を見せる。

この屋敷にも、自分一人ではマナ家具を動かせないという魔力量の少ない使用人はいるが、完全なゼロというのは初耳だ。

（そんな方がいらっしゃるなんて。魔力ゼロで、どうやって生活しているのかしら）

多くの家庭において、マナ設備は当たり前のように生活に組み込まれている。もしそれら全てが使えないとしたら、生活水準はだいぶ下がるはずだ。

「本当に、ジゼルちゃんの半分でもあの方に魔力があれば……」

「そうだな。それなら、このような命が下ることもなかったのに」

両親の寂しそうな声に、ぎゅうと胸が締め付けられる。現実は本当に残酷だ。

「だが、現実を受け入れなければな。彼は身だしなみを整える時間すら惜しんで、我が家に来られたようだ。辺境伯領の逼迫《ひっぱく》具合は相当だろう」

（そういえば……）

父の当主らしい毅然《きぜん》とした声に、ジゼルもセオドアの装いを思い出す。

彼の軍服は、新品とはとても思えず……ところどころ汚れていた。土や砂だけではなく、シャツには血のような跡もあったように思える。

（貴族といったら、身なりには人一倍気を遣うはずよね）

改めて両親を見れば、来客対応のための正装をしている。華美ではないが、清潔できちんとした貴族らしい装いだ。

（いくら格下の貴族相手とはいえ、礼儀のない行動をしたら家名を貶《おとし》めることになるわ。それを知らないはずはないだろうから……本当に焦《あせ》ってらしたのね）

見送りを断るのも普通ならありえない。彼は追い詰められた精神状態で、バークレイ家を訪れていたようだ。……王命の内容も踏まえれば、セオドアを悪くは言いがたい。

「とにかく、もう決まってしまったのだから、急いで準備を始めよう。ジゼル、急に呼び出してすまなかったね。後は部屋でゆっくり休みなさい」

「……はい、お父様」

当人を準備にかかわらせない点を残念に思いつつも、ジゼルは大人《おとな》しく応接室を出る。

途端《とたん》に耳に飛び込んだのは、使用人たちの困惑したざわめきだった。

「何ごとですか」

ジゼルと共に退室したロレッタが訊《たず》ねれば、すぐに声は静まる。……セオドアが一人で部屋を出て帰ったことを、やはり心配していたようだ。

「お客様がとても不機嫌そうでしたので、何かあったのではないかと心配で」

「迎えの馬車が来るものと思っておりましたが、ご本人が馬を駆ってお帰りになりました。お一人で、です。失礼ながら、あの方は本当に貴族のご令息だったのでしょうか？」

不安げに問う彼らに、ロレッタは肩を落として嘆息《たんそく》する。客人の素性など普段の彼らなら気にすることもないだろうに、よほどセオドアは異質だったらしい。

「あの方が名を騙《かた》る利点はありません。余計な心配をしていないで持ち場へ戻りなさい」

「は、はい！」

集まっていた者たちはジゼルに一礼すると、蜘蛛《くも》の子を散らすように去っていった。

残るのは静寂と、見慣れたエントランスの景色だけだ。

（わたしたちにとっては、これは当たり前のものだけど）

バークレイ家の屋敷は、フィルがあちこちにマナ家具を配置しているおかげで、無人でも明るくて常に適温に保たれている。乳白色の壁に飾られた絵画をさりげなく照らしているのも、花瓶《かびん》の底に循環器を入れて清潔な水を保っているのも、全てマナ家具だ。

……この光景を見たセオドアは、どう思っただろうか。魔力を一切持たず、またジゼルの魔力を領地のために必要として、訪ねた彼からしたら……。

（無駄遣《むだづか》いだって、腹立たしく思われたかもしれないわね）

マナ家具とタンクの多さだけなら、王城にも勝《まさ》る屋敷だ。こんな風に使う余裕があるなら、今すぐ辺境伯領へ来てくれればいいのに、とセオドアが憤《いきどお》ったとしても当然だろう。

（魔力があり余るせいで死にかけている人間もいるなんて、信じられないでしょうね）

「お嬢様？」

「……ん、なんでもないわ」

気遣ってくれたロレッタには、曖昧《あいまい》に返しておく。彼女はエントランスから人気《ひとけ》がなくなったことをもう一度確認すると、ゆっくりとジゼルの車椅子を押し始めた。

「……それにしても、失礼な方でしたね」

「こら、ロレッタ」

ふいにロレッタが、ため息と共にボソッとこぼした。ふり返って見た顔には嫌悪感が滲《にじ》んでおり、他の人にはちょっと見せられない。

「あの方が切羽詰まった状況なのはわかりますが、当家もお嬢様もその危機には関係ありません。むしろ協力を乞《こ》う側だというのに、あんな八つ当たりのような態度をとるなんて」

てっきり連れていくことについて怒っているのかと思ったら、ロレッタは彼の態度が気に入らなかったらしい。ぷんぷんと息巻く姿は年相応で可愛《かわい》くも感じる。

「それだけ大変なのよ、きっと。……それに、あの方は最後まで、ずっとお一人だった。その点だけでも、ありがたいわ」

ジゼルの指摘に、ロレッタは不服そうに口を閉ざす。

まず、貴族の子息子女が一人で出歩くなんてことはありえない。最低一人は侍女か従者、あるいは護衛を連れているはずだ。下位貴族の子爵や男爵でも当然のことである。

だが、セオドアは終始たった一人だった。――恐らくは、バークレイ家に対して〝頭を下げる〟ために。

（従者がいたら、主人に頭を下げさせるはずがないもの）

しかも、こちらは格下の伯爵家。おまけに彼は、国王陛下からの手紙という断りようがない切り札を持っていた。

多くの従者を引きつれて『いいから来い』と強制することもできたのに、そうしなかった。

(人員に余裕がなかっただけだとしても、こちらとしてはありがたい話だわ)

「……何にしても、辺境伯領行きは困った話ですよ。これからたった五日で、完璧な準備をしなければなりません」

「それは……そうね。困ったわね」

セオドアの態度はともかくとしても、辺境伯領への旅が困難なことは変わらない。一番近い街へ出ることすら最低限にしていたジゼルが、一体どこまで耐えられるものか。

「まずは持ち運びが可能な中で、容量が一番多いタンクの用意と、魔力燃費の悪いマナ道具を選定しなければなりませんね。馬車は旦那様が手配してくださるでしょうから、我々は他のものの準備をいたしましょう」

「着替えや生活用品も、よね。なんだか、目が回りそう」

生きることだけで日々必死だったので、ジゼルはあれもこれもと沢山考えることには慣れていない。制限時間つきではなおさらだ。

それに今回は、セオドアが同行する可能性が高い。事情をよく知るバークレイ家の者たちだけなら甘えられるが、よその彼に迷惑をかけるわけにはいかない。

「……うーん」

「お嬢様？　……お嬢様、しっかりしてください!?　誰か、新しいタンクを！」

考えすぎて頭がこんがらがってきた……と思いきや、どうやら車椅子に載せていたタンクが満タンになってしまっていたようだ。

あっという間にぼやけていく視界に、炉《ろ》から出した鉄のような色のタンクが運ばれていく様子が見える。体中が熱を発して、煙でも吐きそうなほど苦しい。

「あつい……」

「お嬢様、これを握ってください。それから氷嚢です。冷たいですよ！」

カシャ、と硬質な音を立てて触れた袋が、みるみる内にジゼルの額で溶けていく。

果たして、こんな体調で長旅など本当にできるのだろうか。

（でも、やるしかないわ。わたしだって一度ぐらいは、貴族として頑張ってみせる）

だから、この程度の熱……と思いつつも、ゆるゆると世界が閉じていく。

――かくして、すぐ死にかける令嬢ジゼルを無事に送り届けるための準備が、本人以外の不安と心配をこれでもかと煽《あお》りながら始まったのだった。

＊　＊　＊

「ジゼル嬢、大丈夫なのか？」

「……あんまり」

セオドアがバークレイ家を訪れてから、ちょうど五日が経《た》った。

あの日とは逆に、空は早朝から清々《すがすが》しく晴れており、旅立ちを祝福するような好天だ。

セオドアも約束の時間きっかりに現れ、何も問題なくワイアット辺境伯領へ向かうことができる……と言いたいところなのだが。

——この五日間、ジゼルはあろうことか、ほぼベッドの住人だったのである。

（なんで大事な時に限って、熱が下がってくれないのかしら）

ため息をこぼすと、それだけで視界が揺れる。大丈夫か大丈夫でないかと言ったら、間違いなく『ない』のほうに傾《かたむ》く。

正直に言って、ジゼルは辺境伯領行きが避けられないとわかった時から、気合い充分だった。初の長旅がうまくいくように、万全の状態で準備に臨《のぞ》もうとしていたはずなのだ。

……だが、現実は無情なもの。ジゼルの決意を嘲笑《あざわら》うように、体はマナを吸収し続けた。それはもう、特注タンクの満タン記録を更新するほどの勢いで、だ。

さすがに危ういとかかりつけの医者も呼ばれたが、『今の内に魔力を減らしておかなければ』と無意識に思っているのが原因では、との見解だった。まさしく、病は気からだ。

（減らそうと意識しているせいで、減るよりもずっと早く吸収してるなんて、笑い話にもなら

ないわよ！　やる気が空回りすぎだわ、わたし）

気持ちが原因だとしても、ジゼルの症状は対処しなければ死に直結する。

結果、非常に情けない話だが、タンクと氷嚢に囲まれて寝込み続けたジゼルは、何一つ自分で準備をできないまま出発の日を迎えてしまったのである。

人前に出られる程度には見た目を整えてもらったが、服装は白と淡い緑を使ったワンピースに見えなくもない寝間着。髪は下ろしたままという、いつも通りの様相だ。当然、どこから見ても令嬢の装いではない。

いや、食欲が失《う》せていた体はさらに痩《や》せてしまっており、化粧で隠していない目の下には隈《くま》が目立つので、いつもより死人寄りかもしれない。

（ある程度は慣れたけど、熱が高すぎると眠れないのよね）

寝込むのと睡眠は同じに思われがちだが、実は熱が高くなればなるほど人の体は眠れなくなる。原因は人それぞれだが、息苦しさと節々《ふしぶし》の鈍痛《どんつう》で起きてしまうのが定番だ。

意識が飛んでいる間はありがたいとさえ思う辺り、嫌な慣れである。

「参ったな。あんたを死なせたいわけじゃないんだが……」

「お気に、なさらないでください」

深刻な表情で心配してくれるセオドアに、やんわりと断って返す。

（準備自体は、滞《とどこお》りなく済んでいるものね）

ジゼルが言うのも何だが、バークレイ家の皆が完璧な準備をしてくれたことは事実だ。

ジゼルが手を出さなかったことで、むしろ円滑《えんかつ》に事が運んだという話すらある。

「あなた様は、ご自身の領地のことだけを考えていてくだされば問題ありませんよ。お嬢様には私がお傍についておりますので」

「……そうか。そりゃ頼もしい」

何より、ジゼルの介護のほぼ全般を担《にな》っていたロレッタがついて来てくれることになったので、心配もいらないだろう。彼女はジゼル本人よりも症状に詳しい〝介護の達人〟だ。

迷惑をかけたくはなかったが、ロレッタのほうから『お嬢様が行くところに私がついていくのは当然』と言ってくれたので、本当にありがたい。

「じゃあ、ジゼル嬢のことはそっちに任せるぜ。目的地に無事到着することが最優先だ」

セオドアは食い下がるようなことはせず、すっと話を終わらせた。

……落ち着いているように見えるが、この五日間もずっと辺境伯領を案じていたはずだ。本心では、虚弱すぎるジゼルに苛立《いらだ》っているかもしれない。

「それで、あんたたちが乗っていく馬車はどこだ？　俺は馬で随行《ずいこう》すればいいのか？」

「裏門のほうに用意してございます。少々変わった馬車なので、正門から出ると目立ってしまいまして。もちろん、距離はほとんど変わりませんのでご安心を」

セオドアは表情を崩さないまま、ジゼルを乗せた車椅子についてくる。ずっと寝込んでいたジゼルも、乗っていく馬車を見るのは今日が初めてだ。

「本当は、当家の特注タンクを一緒に持っていきたかったのですけどね」

（それはさすがに難しいわよ……）

残念そうに嘆息するロレッタに、苦笑を返す。当初はその計画もあったのだが、一緒に行ってもジゼルが補充できないので、わざわざ並走させる意味がないと没になってしまった。

というのも、あの巨大な特注タンク一本を運ぶには、最低四頭の馬が必要なのだ。

別の馬車へ補充管を繋ぐのが困難であり、かといってタンクと同乗すれば、ジゼルはクッション性の低い荷馬車に乗ることになるため、辺境伯領までまず体力がもたない。

そんなわけで、ジゼルたちは〝ちょっと変わった馬車〟で行くことになっている。

「これは……すごいな」

裏門前に到着すると、セオドアが思わずといった感じの感嘆をこぼした。ジゼルたちを待っていたのは二頭立ての大型の馬車なのだが、明らかに普通のものとは違った。

四輪直方体の客車自体は珍しくないが、屋根の部分に市販最大型のタンクが四つ並び、マナ設備特有の魔力供給配線が側面にびっしり走っているのだ。

もちろん、黒色の塗装で目立たないようにしてあるが、近くで見れば一目で『魔力を大量に要する馬車』であることがわかる代物である。

「最新鋭のマナ設備馬車なんて、初めて見たな」

（でも、馬車のマナ設備って、具体的にはどこに魔力を使うんだろう）

セオドアとジゼルが並んで馬車を眺めていると、ロレッタがすっと一歩前に出た。

「こほん。こちらは空調管理と振動軽減、それから車内の明かりにも全て魔力を使用しております。火を使わないので、安全かつ快適におすごしいただける造りですね」

熟練の販売員のようなロレッタの語り口は、誇らしげだ。恐らくは、これもバークレイ伯爵家が特別に注文して造ってもらった馬車なのだろう。

「また、今回は底面に魔術加工をしていただいたので、客車自体の軽量化もされています。馬への負担が減ることで、速度も出るようになっていますよ」

「魔力も使いようだな」

さくさくと語るロレッタに、セオドアが目を瞬かせる。

つまり、魔力さえあれば安全で快適で速いという最高峰の品質だ。王族だってここまで良い馬車は使えないかもしれない。

「これ、いくらしたのかしら……」

「ご心配には及びませんよ。お嬢様が過去最速で満タンにしてしまったタンクの利益で、お釣りがくるぐらいだそうですので」

令嬢らしからぬ心配をしてしまったジゼルに、ロレッタは満面の笑みを返してくれる。

やはりバークレイ家と懇意《こんい》にしている職人たちの作らしく、お得意様特価で請け負ってくれたのだそうだ。

「本当は、馬を使わず魔力だけで走る客車も製作していたらしいのですが、さすがに五日では間に合いませんでした。残念です」

（いや、そんな怪しいものが走っていたら、各所の警備隊に止められるわよ）

ちょっと見てみたい気はするが、旅程が長引く可能性は排除しておきたい。あくまで辺境伯領に着いてからが本番なのであって、馬車旅は過程にすぎないのだから。

（あら、セオドア様？）

ロレッタと話している間も、セオドアは馬車を色んな角度から眺めている。平静を装ってはいるが、魔力ゼロの彼からすれば、マナ設備そのものが珍しいのもありそうだ。

「……同乗していかれますか？」

『えっ⁉』

それならば、とジゼルから提案してみると、途端にあちこちから声が上がった。

（え、なんで⁉）

そもそも、セオドアは格上の貴族だ。その彼が護衛兵のように馬で行き、ジゼルが馬車に乗るなんて失礼だと思うのだが……どうやらそう考えていたのは、ジゼルだけだったらしい。

「……お嬢様、正気ですか？」

（そこまで言うほどのことだった⁉）

ロレッタには失礼な質問までされてしまい、ジゼルのほうが困惑してしまう。

一応考えをそのまま説明もしたのだが「そうではなく……」と答えに言い淀《よど》む始末だ。

「間違っていたなら、謝るわ。セオドア様は、どうされますか？」

「俺は乗せてくれるならありがたいが、あんたの侍女さんが嫌じゃないのか」

「……私はお嬢様の意向に従いますので、お気になさらず」

(じゃあなんで驚いたのかしら)

よくわからないが、セオドアも同乗する形でよさそうだ。客車は見た目通り広々とした造りになっており、座席も向かい合わせで六人は座れる。充分広く使えるだろう。

「ジゼル」

先に席順を決めようかと思っていると、屋敷のほうから名前を呼ばれた。

(この声、お父様……わっ⁉)

慣れ親しんだ声に応えようとすれば、遮るように何かに覆われてしまう。柔らかで花のような香りと共にジゼルに抱き着いてきたのは、母だった。

「お、お母様？」

なんとか声を出せば、父はひどく寂しそうな微笑を浮かべる。離れる気配のない母からは嗚《お》咽《えつ》が聞こえており、喋ることも難しそうだ。

「……あの、泣かないでください」

慰めようと思って抱き返せば、逆効果だったらしい。母はますます泣き出してしまい、裏門に集《つど》ってきた使用人たちにも伝播《でんぱ》していく。これでは、戦場に向かう兵士の見送りだ。

「セオドア・ワイアット様」

ぐすぐすと鼻をすする音が響く中に、父の鋭い声が通る。

「はい、バークレイ伯爵」

「娘にもしものことがあれば、私たちは容赦《ようしゃ》しない」

「――肝《きも》に銘《めい》じておきます」

父の失礼な発言に一瞬震え上がったが、セオドアは素直に聞き届けると、恭《うやうや》しく頭を下げた。……セオドアが寛大な性格だったことに、感謝したいところだ。

(びっくりした……お父様ったら、もう。できれば笑顔で見送ってほしいのに)

二度と会えないわけではなくても、しばらく離れることは確かなのだ。できれば皆には、前向きな出発になるよう明るく送り出してほしかった。

(もっとも、お父様が過保護気味なのも、わたしのせいだけどね)

未だ涙の治まらない母をゆっくりと離して、決意と共に客車の階段を上る。

思った通り、座席は快適に寛《くつろ》げる造りになっていて、三人ではもったいないぐらいだ。

「お嬢様、大丈夫ですか？」

「ありがとう、ロレッタ」

彼女の手を借りながら、腰を下ろす。臙脂のベルベットを張った座面は肌触りが非常に良く、クッションも驚くほどふかふかだ。こげ茶色の壁紙と埋め込まれた明かりも趣味が良いし、とても馬車内とは思えない上質な空間になっている。

どうやら、マナ設備以外の部分にも、最高級のものを使ってくれたらしい。安心すると同時に、体からずるずると力が抜けていく気がした。

「……いきなりだな。おい、大丈夫か？」

続けて乗ってきたセオドアには驚かれてしまったが、曖昧に頷いて返しておく。これから長い旅だ。体力は無駄遣いせずに温存しておきたい。

それから、セオドアの馬をバークレイ家の馬丁《ばてい》に預け、手荷物の確認を終えたロレッタもジゼルの隣に乗ってくる。いつもの車椅子とも一旦お別れだ。荷台には、旅行用の折り畳み式の簡易なものを載せている。

最後に御者兼護衛役の二名が御者席について、いよいよ出発だ。

「お父様、お母様、行って参ります」

「ああ、気をつけて」

「ジゼルちゃん……絶対に、無理はしないようにね！」

涙混じりの見送りにつられ泣きそうになりながらも、なんとか笑って手をふる。

「行ってらっしゃいませ、お嬢様！」

いつの間にか裏門前には屋敷のほぼ全員が集まっており、皆大きく手をふってくれる。

やがて、馬車から屋敷が見えなくなるまで、無事を祈る声が途切れることはなかった。

(……聞こえなくなっちゃった)

「大丈夫ですか、お嬢様?」

「うん……」

寂しいことは否定しないが、ジゼルだって子どもではないのだ。ここからは頑張るしかない。

外を見ていると感傷に浸《ひた》ってしまいそうなので、背もたれに体を預けて目を閉じる。予想以上に揺れが少ない馬車は、ジゼルを労《いた》わってくれているようにも感じられた。

「まだまだ長い旅路です。ゆっくり寝ていきましょう」

「辺境伯領まで、どれぐらいかかるの?」

「お嬢様の体調次第《しだい》ですが、七日ほどと伺っております」

(……本当に遠いのね。お母様が泣きながら止めたわけだわ)

出発してから確認するジゼルも遅すぎるが、この五日間は何かができる状態ではなかったので仕方ない。今は、体調を安定させることが第一だ。

セオドアもジゼルたちの話し相手になるつもりはないようで、腕を組んで座ったまま、つま先をタンタンと鳴らしている。

(彼には無暗《むやみ》に話しかけないほうがよさそうね。馬車の動力の補充管だけ気をつけて、と)

「……ロレッタ、もし補充管を離してしまったら」

「ちゃんと見ていますから大丈夫ですよ、お嬢様。ゆっくりお休みください」

唯一の懸念事項を確認したジゼルは、意識を眠りへと寄せていく。

窓から差し込む温かな日に包まれた出発は、身構えていたよりもずっと良いものだった。

＊　＊　＊

温かくて快適な、病人でも安心の旅路。

……そんな風に楽しめたのは、残念ながら最初の二時間だけだった。

(やっぱりこうなるわよね……)

このマナ設備をふんだんに使った馬車は、高性能な分魔力を大量に消費するものだ。だが、過剰吸収症によるとんでも速度に敵《かな》うほどの消費量ではない。

……となれば、ジゼルの体にはどんどん魔力が溜まっていくわけで。

「おい、しっかりしろ！」

結果、出発前から具合が悪かったジゼルは、あっさりと倒れてしまった。

(慣れてはいるけど、だいぶ熱が高いわ……)

意識は朦朧《もうろう》としているのに、眠ることができないほどの鈍痛が全身にのしかかる。

屋根のタンクへの補充も併せて行っているが、両方同時でギリギリ無事といったところだ。

「ここまで具合が悪いなんて……おい、俺はどうしたらいい⁉」

「うるさいですよご令息！　今できることはありませんから、静かに座っていてください」

「……悪い」

そわそわと慌てるセオドアを、ロレッタがぴしゃりと一喝《いっかつ》する。さすがはジゼル介護の達人、落ち着き具合がまるで違う。

（けど、その方が貴族令息っていうのは忘れないでほしいわ。皮肉っぽい呼び方をしてるし）

今は緊急事態なので許されているが、格下貴族の侍女が失礼をしたとなれば庇いきれない。

まあ、ここでジゼルが死んだら、わざわざバークレイ伯爵領まで来た意味がなくなってしまうので、セオドアも咎めたりはしないだろうが。

（でも、この馬車でよかったわ。狭くて揺れもあったら本当に死んじゃう）

今はロレッタに向かいに移ってもらい、ソファをベッド代わりにして寝転んでいる。車内温度もちょうどいいので、管への魔力放出に集中していれば死ぬことはなさそうだ……多分。

「……速度が落ちてきましたね。この辺りで休憩《きゅうけい》でしたか。お嬢様、何か食べられますか？」

「今はいい、かな……」

「では、氷を買って参ります。他にも冷やせるものを見繕《みつくろ》えれば。ご令息、力仕事ですよ。少しでも消費したいので、屋根のタンクを一つ外してください」

「わ、わかった」

ロレッタがてきぱきと指示すると、セオドアは真剣な表情で頷いた。本当に、どちらが貴族なのかわからないぐらいの有能さだ。

「今日の宿に着くまでは、これを繰り返してなんとか解熱を試みます。お嬢様、辛いでしょうが諦めないでくださいね」

「ありがと……ごめん、なさい」

ほどなくして、休憩予定の街で馬車が停まると、二人とも風のように飛び出していった。本当なら体を休ませるための時間なのに、なんとも申し訳ない。

(二人とも、元気でいいなあ)

死ぬまでに一度ぐらいジゼルも全力で走ってみたいが、果たしていつになることやら。せめて、一人で歩けるぐらいにはなりたいものだが。

とにもかくにも、長旅一日目の記憶は、車内の天井の景色だけで終わったのだった。


「お嬢様、今日の宿につきましたよ」

重たい頭を抱えて、意識が浮き沈むことしばらく。ようやく一日目の宿に辿りついた一行だったが、ジゼルはまさしく生きているのがやっとの有様だった。

車内には溶けた氷嚢の袋が積まれているので、ジゼルの意識がない間も、彼らは何度も氷を替えてくれたのだろう。情けないが、今はそれを感謝する気力すらない。

「ロレッタさん、車椅子出しますか？　それとも医者を頼んだほうがいいでしょうか？」

　馬車の外からは、先に降りた御者たちが荷物を下ろしながら声をかけてくる。彼らも大変だろうに、声だけでも案じてくれているのがひしひしと伝わってきた。

「いや、宿までなら俺が運べる。お前たちはタンクの用意を頼む」

　そんな御者たちに答えたのはセオドアだ。

　続けて彼は、ジゼルの肩と膝の下に腕を入れると――何の躊躇いもなく座席から抱き上げた。

「え」

　あまりの手際の良さに、質問すら間に合わない。

　突然浮いた体に驚くよりも早く、ぽすんと彼の腕の中に納まってしまったのだ。

（こ、これはちょっと恥ずかしいかも……）

　体勢は横抱き、いわゆるお姫様抱っこと呼ばれるものだ。

　人に運んでもらった経験は多々あるジゼルだが、こんな持ち方をされるのは初めてだった。

「あの、セオドア様……」

「いいから、もっと体を預けてくれ」

　セオドアは気遣うように囁くと、器用に馬車を降りていく。

「お、お嬢様っ！」

珍しく後手に回ったロレッタも、慌てた様子でセオドアについてくる。ちゃんと手荷物を持ってくるのと、車内の氷嚢（だったもの）の片付け依頼を忘れない辺りがさすがだ。

「いらっしゃいませ。あの、大丈夫ですか？」

いくらか歩いて宿の受付へ来ると、見えないなりに周囲に人が集まっているのが感じられた。

大型の高性能マナ設備馬車に加えて、ぐったりした人間を抱いて降りてきたとなれば、注目を集めてしまうのも無理はない。

「悪いが、すぐに部屋へ入らせてくれ。予約を入れていた――」

そういえば道中で、セオドアが『初日の宿だけは予約を入れておいた』と言っていた。部屋が決まっているなら、すぐに移動できると思うが――。

「姉さん!?」

……と、ここで思いもよらぬ人物の声が聞こえてきた。

重い瞼を開けば、宿のエントランスの奥から、とても見覚えのある青年が駆け寄ってくる。

ジゼルと同じ灰色の短い髪に琥珀色《こはくいろ》の瞳の、少年と呼んでも差し支《つか》えないあどけない姿。

「フィル……？」

「ああ、やっぱりあの馬車じゃもたなかったか！　色々手配しておいて正解だった」

そう言いながらジゼルの手を握ってきたのは、間違いなく実弟のフィルだ。

見送りの場にいなかったことには気付いていたが、二日ほど前に「所用で出かける」と聞いたので、まだ戻っていないのだと思っていた。

「ここで、待っていて、くれたの……？」

「うん。具合が大丈夫なら挨拶して帰ろうと思ってたんだけど、やっぱり駄目だったね。とりあえず、一日目お疲れ様。タンクいっぱい運んでおいたから、まずはそれで一息ついてよ」

そう言ってよく似た顔に笑みを浮かべたフィルは、すぐにロレッタと合流すると二人でテキパキと指示を出し始める。

相手は御者だけではなく、宿の従業員たちもだ。フィルが先に手を回してくれていたらしい。

「助かった……」

「うわっ、ジゼル嬢⁉　大丈夫かよ⁉」

「すみません。安心したら、力が抜けて……」

脱力した体は、ずるずるとセオドアにもたれかかってしまう。彼には申し訳ないが、本当に結構限界だったのだ。

それからすぐに客室へ通されると、フィルの言葉の通り大量のタンクが運び込まれていた。

(危なかった‼)

一も二もなく補充管を掴み、ようやく人心地つく。タンクに溜まっていく速度を見れば、魔力が爆発するギリギリだったのは一目瞭然だ。無論、そうなったらジゼルは死ぬ。

「セオドア様、ありがとう、ございました。……もう大丈夫です」

「せめてベッドまでは運ばせてくれ。……その、あんた軽すぎないか？　怖いぐらいだぞ」

（うう、穴があったら入りたいわ）

少し固めのマットレスに腰を下ろすと、客室の全体を見る余裕が出てくる。

茶色と象牙色《ぞうげいろ》でまとめた室内は清潔感があって、空気も澄んでいる。高級な印象はないが、すごしやすい良い部屋を予約してくれたようだ。

（タンクまみれでなければ、もっと良い部屋なんでしょうけどね）

ジゼルの命綱なのだから、これぱかりは仕方ない。ため息混じりに補充を続けていると、台車に追加のタンクを載せたフィルとロレッタも客室に入ってきた。

「わ、もう満タンになったやつがあるんだ。危なかったね、姉さん」

「ええ、フィルは命の恩人、ね」

「おあいこでしょ。姉さんだって、沢山の人の恩人なんだから」

フィルはけらけらと笑いながら、満タンの橙色に発光するタンクを台車に載せていく。一般家庭で使うにしては大型なので、きっとこの宿で使っている備品だろう。

「………」

一方で、セオドアは姉弟のやりとりにぽかんと口を開けて驚いている。初めて見る者には、やっぱり変わって見えるのかもしれない。

「不思議ですか？　ワイアット様」

「ああ、まあ。さっきまで本当に死にかけていたのに、それを笑って話せるんだな」

「姉さんはあまりに頻繁に死にかけるものですから、笑わないとやってられないんですよ。泣いて嘆いて元気になるならいくらでもやりますけど、残念ながらそうじゃないので。だったら、有効活用するほうが誰のためにもなるでしょう。……あなた様にもわかるはずです。姉さんがぽんぽん作っている魔力満タンのタンクが、どれだけ価値のあるものなのか」

「………」

皮肉めいたフィルの返しに、セオドアは口を閉ざし、床のタンクに視線を落とした。

ジゼルにとっては生きるために吐き出したものだが、彼には永遠に作れないものでもある。

「これ、そんなに、価値があるの……？」

「めちゃくちゃあるって何度も言ってるよね、姉さん。普通の人間が魔力をここまで溜めるよりも、満タンタンクを使い切るほうが倍以上早いんだけど、わかってる？」

（そんなに早いの!?）

バークレイ家ではジゼルが溜めたタンクを湯水のごとく〝消費してもらって〟いるので、本来はそれほど差があるとは知らなかった。

（みんなが使い放題を喜ぶわけね。本当は節約しながら使わなきゃいけないんだわ）

どれだけ便利なものでも使えなかったら意味がないが、燃料代は考慮すべきだ。

てっきり、タンクの購入客といったら魔力が特別少ない人間〝だけ〟だと思っていたのだが、現実はきっとそうではない。……バークレイ家が富むわけである。

「私も毎日言っておりますのに」

「ごめんなさい……」

「お嬢様、そちらもう満タンでしょう？　新しいものをどうぞ。……まあ、当家はこの通り秒で溜まりますからね。本来なら、何日もかかってやっとできるんですよ、満タンタンク」

（わたしの異常さを痛感するわ）

改めて、己の無知さ加減が悲しくなってくる。フィルやロレッタはともかくとしても、セオドアから見れば、ジゼルはさぞ奇妙な生物に見えたことだろう。

（情けないわ。わたしは貴族の教養の前に、一般常識を身につけなければいけないわね）

しょんぼりと顔を俯《うつむ》かせると、視界の端でセオドアとフィルが顔を見合わせる。

……一秒後、何故かフィルは彼を見て笑いだした。

（え、な、何？）

「どうです、ワイアット様。あなた様はこのとんでもない人を連れていくんですよ。骸獣の問題の深刻さは察しますが、到着する前に死なせたら、どうするつもりだったのですか？」

「ああ……本当に、俺は覚悟が足りなかったみたいだ。申し訳なかった」

セオドアはゆるゆると首を横にふると、降参だと示すように両手を挙げて見せた。その様子に、フィルはますます笑みを深める。

「いやあ、高位貴族に恩が売れるのはいいですね！　姉さんだけでなく、あなた様はたった十四歳の子どもにも救われるんです。ぜひ忘れないでくださいねっ」

フィルは心底楽しそうに言い残すと、タンクを台車に載せて、足取り軽く去っていった。

助けられたのは間違いないが、なんだか嵐のような邂逅《かいこう》だった。

「えっと……？」

「フィル様はご令息に恩を売るために、この宿で待機していたってことですね。もちろん、お嬢様を助けるべく動いてくださったのも本当ですが」

（えええ……）

実の弟ながら、たくましさに驚いてしまう。もともと有能だとは思っていたが、格上の貴族にふっかけられるほど神経が太いとは聞いていない。

（わたしが死にかけたのは本当だけど、あまり無理難題はふっかけないでね、フィル）

セオドアの味方をするのもおかしいが、あまり無茶な要求をしないことを願うばかりだ。

そんなわけで、なんとか夜を越えたジゼルは、二日目の旅路へ出発することになった。

残念ながら、熱が下がり切るほどの魔力は吐き出せなかったが、意識が保てるなら馬車の消費で何とかできるだろう……と思いたい。

「お待たせ姉さん、これ使って」

少量の朝食をお腹《なか》に入れて宿を出ると、出入り口の前では昨夜ぶりのフィルがニコニコと笑いながら待ち構えていた。

彼の後ろには、昨日乗ってきた高性能馬車が停めてあるのだが……。

「……二台?」

楽しげな弟は、何故かジゼルたちが乗ってきた馬車と全く同じ見た目のものをもう一台用意していた。恐らく彼が乗ってきたものだと思うが、『使って』という意図がわからない。

「こっちの馬車はね、姉さん専用の『失敗作』なんだ。マナ設備の最適化がうまくできなかったせいで、燃費がめちゃくちゃ悪いんだよ」

まさかの紹介に、ジゼルの胸が期待で高鳴る。

昨夜はフィルのおかげで消費が間に合ったが、次の町まで生き残れる保証はない。馬車路では頻繁にタンクも取り替えられないので、消費手段が増えるのは願ってもないことだ。

「僕はこっちで納品していいって言ったのに、律儀に完成品を持ってってたみたいだから焦ったよ。中に他のマナ設備も入れておいたから、今日からは乗り換えて行って」

「……ありがとうフィル、助かるわ」

早速失敗作の客車に近付いてみると、確かに昨日のものよりも配線がごちゃごちゃしている。外だけではなく座席の周りにも線が見えるので、『失敗』は言葉通りのようだ。

　さらに、旧式の小型製氷機が一人分の席を使って鎮座《ちんざ》している。タンク補充ではなく直接人が魔力を送る、今は使われていない古物だ。……燃費は極めて悪い。

　昨日は少し驚かされたものの、やはり姉思いの自慢の弟に変わりはないらしい。

「よかったですね、お嬢様。では、荷物をこちらに載せ換えていきましょう」

「それは次の宿に着いたらでいいよ。〝二台使って〟行ってもらおうと思ってるからさ」

「え？」

　想定外の返答にジゼルは目を瞬く。隣のロレッタは「助かります！」と大喜びだ。

「二台使えば魔力消費も二倍だ。完成品のほうは、屋根のタンクで一日充分走れるだろうから、宿に着いたら姉さんが補充すればいい。魔力消費先は多いほうがいいだろ？」

「でも、わざわざ二台で行くの？　ご迷惑に、ならないかしら」

「高位貴族なら馬車の二、三台は普通だって。馬も御者も我が家から連れてきてるから、説明もしたし問題ないよ」

　確かに、失敗作の御者席に座っているのも、ジゼルも顔馴染《なじ》みの使用人たちだ。事情を知って来てくれたのなら、赤の他人よりは甘えやすい。

「僕はもう帰らなきゃいけないから、少しでも心配は減らしておきたいんだよ」

「……じゃあ、そうするわね」

　フィルが姉のためにわざわざ用意してくれたものだ。断るのも忍びないし、魔力消費先が増えることは何よりもありがたい。

ジゼルがしっかりと頷いて返すと、フィルもパッと花が開くような笑顔を浮かべて……ジゼルたちの一歩後ろにいたセオドアに視線を向けた。

「ではワイアット様、あなた様はお一人で元の馬車に乗ってくださいね！」

「異論はないぜ。領地まで無事に行けるなら、俺はなんでもいい」

さも『決定事項』だと断言する声は妙に明るい。どうやら、これも弟の作戦だったようだ。

フィルは急《せ》かすようにセオドアを完成品の馬車のほうに押し込むと、バタンと大きな音を立てて扉を閉めた。終始笑顔のままだったのが、余計に恐ろしい。

「……フィル？」

「あのね、姉さん。いくらロレッタが同乗していても、婚約者でもない男女が同じ馬車に乗ったら駄目だから。覚えておいてね」

「え」

続けて、ジゼルのほうは気持ち丁寧に押し込んできたフィルは、低い声でそう囁いた。

そのまま扉は閉められ、聞き返す間もなく出発してしまう。

「……ロレッタ。その、出発する時に、わたしに正気かって聞いたのは……」

「ええ。先ほどフィル様がおっしゃった通りの理由です」

（恥ずかしい！）

つまり、ジゼルは出発早々に失敗をやらかしていたということか。魔力とは違う熱さが頬に集まって、頭からは湯気が出そうだ。

（セオドア様も言ってくだされればいいのに。それとも、わたしを傷付けないように、わざと流してくださったのかしら）

その線は充分にありえる。馬車への同乗を誘ったのも、ジゼルからだったのだから。

「誤解をされていなければいいのだけど……次に停まったら、謝らないと」

「いえ、謝るのもまた失礼になりそうですので、気付かなかったことにしたほうがよいかと」

「そうなの？」

ロレッタは神妙な顔つきで何度も頷く。人付き合いとは、なんとも難しいものだ。

とりあえず、今回の務めを無事に終えたら、ジゼルはもう少し勉強に割《さ》く時間を増やさなければならなさそうだ。

（最低限の常識が身につくまでは、やっぱり外に出るべきではなかったのね。今のわたしでは、王命を果たす前に家の名を貶めてしまいそうだもの）

今回はもう出てしまったので、余計なことは口にせずに、務めを果たして生き延びることだけを考えよう。それがきっと、ジゼルにできる最善だ。

かくして、様々な思惑を載せた馬車は、二台に分かれて辺境伯領へと向かっていく。

頭上に広がる空は青く美しく、しかしながら、景色を楽しむ余裕は微塵《みじん》もないままに。

2章　辺境伯領は人外魔境でした

——最初の宿を発《た》ってから、六日が経《た》った。

ジゼルにとって、人生で最も辛《つら》かったといっても過言ではない六日が、まもなく終わろうとしている。

「お嬢様、見えてきましたよ。お嬢様⁉」

「生きてる、わ……」

（かろうじて、ね）

喋《しゃべ》る度《たび》に頭が割れそうに痛むが、それでもなんとか生きて到着できそうだ。本当に、初日にフィルと合流できなかったらどうなっていたことか。

（それでも、なんとか間に合ったわね。ここが辺境伯領……）

端の滲《にじ》んだ視界に、見たこともない景色が流れていく。緑豊かで長閑《のどか》に見える反面、建造物はどれもこれも背が高く、厳《いか》めしい外観だ。

遠くには灰色の防壁が絶えることなく見えているので、この辺りの町を丸ごと囲っているのだろう。どれほどの規模なのか想像がつかないほどに大きい。

（あ、人が近付いてきたわ）

景色の中に、こちらを認識して誘導する者がちらほらと見えてくる。最終目的地のワイアット家の屋敷が近いらしい。

「……身支度《みじたく》を、しなきゃね」

「お任せを。ですが、無理はなさらないでください」

ソファに転がしていた体を、ゆっくりと起こす。寝癖のつきにくい髪質ではあるが、ただでさえ令嬢とは言えない寝間着ワンピース姿だ。せめて髪ぐらいは整えておきたい。

「巻いたりできたらよかったんですが、馬車では難しいですね」

そうして、ジゼルが身なりを整え終わるのとほぼ同時に、馬車が停止した。

「お嬢様、ロレッタさん。到着した……と思います」

先に降りた御者から、ノックと共におかしな呼びかけが聞こえる。自分で馬を止めたにもかかわらず、何故《なぜ》自信がないのか。

「どういうことです？」

「いえ、先行していたワイアット様の指示なので間違いないはずなのですが。とにかく、直接ご確認いただければ……」

ロレッタが問いかけても、どうにも歯切れが悪い。一体何事かと、二人で顔を見合わせてから馬車の扉を開けてもらうと……。

「は？」

——そこにあったのは、要塞《ようさい》だった。

白と灰色の石で造られた巨大な建物は、四角を積んで固めたような形だ。貴族の屋敷特有の洒落《しゃれ》た屋根などはなく、代わりに凸凹《でこぼこ》した壁のついた屋上が見える。これは確か、物見や射手がつくための構造だ。

庭は広いが美しい植栽や花壇なども見当たらず、代わりにあるのは訓練場のような平らな地面と木製の的のみ。

おまけに、ずっと見えていた巨大な防壁へと繋《つな》がる連絡通路も確認できた。

「……少なくとも、貴族の屋敷には見えませんね」

呆《ほう》けたように呟《つぶや》くロレッタに、ジゼルもこくこくと頷《うなず》いて返す。

(これ、詰め所っていうところよね。家とは言わないわよね？)

辺境伯家といえば国防の要《かなめ》とは聞いていたが、よもやここまでとは思わなかった。

「あんたたち、降りないのか？」

呆然《ぼうぜん》と眺《なが》めていると、別馬車に乗っていたセオドアが駆け寄ってくる。

「これはご令息。失礼ですが、こちらが辺境伯家のお屋敷で間違いないでしょうか？」

「そうだけど、何か問題があったか？」

当たり前のように頷いた彼に、御者たちも一歩後ずさった。

それとも、家をここまで堅牢《けんろう》にしなければ危ういほど、ワイアット領は治安が悪いのだろうか。一人ではまともに動けないジゼルにとっては、それも困る話だ。

（ここで、人が普通に生活できるんだ……）

庭が工場化した家の娘が言うなと怒られそうだが、意外なものは意外なのだから仕方ない。

「……若？　おい、みんな！　若がお戻《もど》りになったぞ‼」

そんな風に話していると、屋上の凸凹の隙間《すきま》から野太い声が聞こえてきた。

続けて、奇襲かと疑うほどの慌《あわ》ただしい音が響き、数秒と待たずに両開きの扉が開かれる。

「おかえりなさいませ、若！　無事のお戻り、心よりお喜び申し上げます！」

「おう、今帰った！　お前らまだ生きてるか⁉」

勢いよく開かれた扉の先にいたのは、セオドアと同じ黒地の軍服に身を包むガタイのいい男たちだ。使用人というより、部下と呼んだほうが絶対に合う。……そもそも若ってなんだ。

「異次元……」

ぽつりとロレッタがこぼした感想に、ジゼルもまた同意する。

華やかさが欠片《かけら》もない出迎えも、砂の匂いが濃い空気も、バークレイ領とは違いすぎる。本当にここは貴族の邸宅なのか、いっそう疑わしい。

（ただでさえ高い熱が、ますます上がりそう）

眩暈《めまい》を覚えてよろけると、ロレッタも同じようにこちらに身を寄せてきた。王命ということで何とかやってきたが、虚弱なジゼルが果たしてここで役立てるのだろうか。

「若、早速ですが、そちらの方が？」

「ああ、バークレイ伯爵領から来てもらった。これでようやく、骸獣《がいじゅう》を討伐できるぞ！」

『おお!!』

セオドアの凛々《りり》しい宣言に、周囲からも喜びの声が上がる。まさか着いて早々に野太い歓声に迎えられるとは思わなかったジゼルは、もう目が回りそうだ。

「ジゼル嬢、着いたばかりで悪いが、早速頼む」

「へ？　あの」

そんなジゼルの状態などお構いなしのセオドアは、いつかの街のようにサッとジゼルの肩と足に手を回すと、本人の許可をとるよりも早く抱き上げ、要塞に向かって走り出した。

「ちょっとご令息!?　お、お嬢様!!」

あまりの手際の良さに、出し抜かれてしまったロレッタも慌《あわ》てて後を追ってきてくれる。

呆気《あっけ》にとられて反応すらできなかったジゼルは、数秒と経たずに中へ担《かつ》ぎ込まれてしまった。

（あら、内装は意外と普通だわ）

てっきり中も武器庫のようになっているのかと思いきや、暖色でまとめた内装はバークレイ家のエントランスとも似ており、壁には絵画も飾られている。ジゼルもよく知る、貴族の屋敷っぽい雰囲気だ。

……だが、残念ながら『普通』なのは造りだけだったらしい。

「若、お戻りになったのですね！」

「セオドア様！」

先ほどと同じように、あちこちからセオドアの名が呼ばれる。

しかし、それは待ち構えて並んでいた使用人などではなく、壁や床に身を預けている兵士と思《おぼ》しき者たちからの声だったのだ。

中には女性もちらほら交じっているが、ジゼルとは比べものにならないほど筋肉質で立派な体つきをしており、急所には鉄と革でできた防具をつけている。

そして、共通しているのは……皆、体のどこかを負傷しているということだ。

「な、なんですかここは。野戦病棟!?」

追いついたロレッタも、驚愕《きょうがく》の光景に声を上げる。常時乗馬服の彼女に文句を言う輩《やから》もいたが、ここの異質さと比べれば可愛《かわい》いものである。

「似たようなもんだ。くそ……こっちに集まってるってことは、医務室はいっぱいか？」

「はい。こっちにいるのは軽傷で動ける者だけです。そろそろ若がお戻りになると聞いたんで、こいつをかき集めて持ってきました」

片目に眼帯をはめた厳《いか》つい男が、背を預けていた木箱の一つをセオドアの前に差し出す。

……中には、実用性を重視した無骨な大剣が入っていた。

抱き上げられたままのジゼルにも、いつもより高い視点からよく見える。

（これ、普通の武器じゃないわ）

明らかに〝刃の部分の色がおかしい〟のだ。武器の形状には詳《くわ》しくないものの、刃物が彩《いろど》り豊かでないことぐらいは知っている。

他の木箱に入っているものも皆、金属特有の鈍色《にびいろ》の中に赤や青、白といった本来ではありえない色が混ざり込んでいる。パッと見ではおもちゃだと誤解してしまいそうだ。

「……これが『マナ武器』ですか？」

「そうだ」

ジゼルの問いに、抱き上げたままのセオドアが神妙な顔で首肯《しゅこう》する。

細部を注視すると、どの武器も使い込まれた跡がある。全体的に細かい傷が目立ち、持ち手に布が巻かれたものなどは明らかに変色していた。

（これが、この人たちの武器……骸獣という〝国の脅威《きょうい》〟と戦うためのもの？）

切り札というには、あまりにも見た目が頼りない。

物語に出てくる『伝説の剣』とまではいかなくても、せめてもう少し価値がありそうな外見の武器だと思っていた。

（……こんなものが、〝そう〟なんだ）

正直に言って、ガッカリしている。みすぼらしいとも思ってしまった。

何せ、ジゼルが知っているマナ武器は、貴重な品々と共に保管庫に飾られていたのだ。ずっと宝だと思っていたし、そういう扱いをするべき価値のあるものだと信じていた。

（鞘《さや》に納まったままだったから、刃がこんな色だとも思わなかったもの）

「すみません、よく、見えなくて……」

「ああ、近付こうか。かがむから気をつけろよ」

セオドアに呼びかけると、彼は丁寧《ていねい》に箱の近くへしゃがみ込んだ。

（近くで見ても何も感じないわ。それに、いい匂いとは言いがたいわね……）

訝《いぶか》しげにこちらを見る眼帯男には申し訳ないが、これのために苦労して旅をしてきたのかと思うと、悲しくなってくる。

だが、セオドアが嘘《うそ》をつくとは思えない。この無骨な諸々《もろもろ》が、彼らを救う唯一の手段なのだ。傷だらけになっても、彼らが希望を懸ける唯一の武器。

それに、見た目に価値を感じられなくても、『マナ武器』と名乗るのだから、魔力を吸い取ってくれるはずだ。ジゼルの体も、いい加減限界が近い。

（ちょっと残念ではあるけど、手段を選んでいる場合でもないわね。わたしが生き延びるためにも、魔力を消費しよう）

何より、ジゼルはこれを使えるようにするために、王の命令でここまで来たのだ。伯爵家の名を背負っている以上、私情は慎《つつし》み、任務を全《まっと》うすべきである。

（わ、持ち手も太いな……）

最初に差し出された大剣の柄《つか》に、そっと右手を這《は》わせる。握ろうかと試せば、指先が親指とくっつかないほど柄は太かった。

「——……ッ⁉」

次の瞬間、ジゼルの視界に信じられない光景が飛び込んできた。

握った大剣の刃の部分が突然光り、勢いよく炎をまとったのだ。

「……え、ええ？」

呆然としている間にも、ジゼルの魔力がどんどん取り込まれていく。

炎は刃を守るようにぐるぐると巻きつくと、そのまま吸い込まれて……数秒ほど待てば、そこには真っ赤に輝く宝石のような美しい刃の武器が現れた。

「きれい……」

満タンにしたタンクもよく発光するが、そんな比ではない。

本当に、炎を直接刃に閉じ込めたような、鮮やかな輝きだ。

（すごい……みすぼらしいなんて思ってしまったわたしは、やっぱり無知だったわ）

美しさが価値の全てではないが、これはジゼルでもわかるほどに〝別格〟である。

一体何を材料にして刃を作ったら、こんなに素晴らしいものができるのだろう。

「……信じられねえ。こんな早さで武器が使えるようになるなんて！　じゃあ、お嬢ちゃんがバークレイ伯爵家の至宝か！」

ジゼルとは別の理由で驚いている眼帯男は、今魔力を補充したばかりの大剣をジゼルから攫《さら》うように取ると、ひょいっと片手で肩に担ぎ上げた。

ジゼルが貧弱すぎるのは間違いないが、それでも片手で大剣を持てるとなると、見た目以上に屈強な集団らしい。

「こりゃあありがたい！　魔力が刃にみなぎってやがる。若、オレは前線に戻りますね！　まだ戦ってるやつらがいるんで、さくっと助けてきます！」

「あ、おい、気をつけろよ！　……全く、落ち着きのないやつだな」

(それは、宣言なくわたしを横抱きにするあなたも同じだと思うけど)

眼帯男は笑いながら走り去り、あっという間に後ろ姿も見えなくなった。後に残されるのは、そわそわと期待の眼差《まなざ》しをジゼルに向けてくる、怪我《けが》人の集団だ。

「慌ただしくて悪いな、ジゼル嬢。魔力は大丈夫そうか？」

(どちらかというと、逆の意味で危ういわね。今にも爆発しそう)

まだまだ魔力が大量に余っていることを無言の肯定で訴えれば、セオドアの凛々しい眉がわずかに下がった。

「……マナ武器一本程度、物の数じゃないか」

的確に読み取ったセオドアに、周囲はますます期待を募《つの》らせていく。

彼の言う通り、あの大剣一本程度では全く変わっていない。補充が必要ならすぐにでも始めたいのだが。

「あなたたち、何をぼさっとしているのですか！」

……と、ここで強く踏み込んだ靴音と、ロレッタの怒声が響き渡った。乗馬用ブーツはこういう時に良い音が鳴る。お仕着せの平靴ではこうはいかない。

（いえ、感心してる場合じゃないわ。ロレッタはどうしたのかしら）

ジゼルも視線を向けると、力強く立つロレッタは並んだ木箱をビシリと指さした。

「魔力の補充を頼みたいのなら、武器を一本ずつ並べて待つのが礼儀でしょう！　お嬢様はか弱い貴族の令嬢なのですよ！　金属を使った武器を持ち上げられるとでもお思いですか!!」

「た、確かに！　こんなにちっこいお嬢さんに、武器を持たせるのは無理だな！」

「手足も細くて折れそうだ。これは気が利《き》かなくて悪かったね。すぐに準備するから、ちょっと待っててておくれ」

「あ、ハイ……」

ロレッタの指摘に心から納得した様子の兵士たちは、すぐに立ち上がると、木箱の中身を近くのテーブルの上に並べ始めた。

（作業をやりやすくしてくれることは、もちろんありがたいけど）

兵士たちがジゼルに向ける目は、明らかに幼子《おさなご》を労《いた》わる類《たぐい》のものだ。一応成人している身としては、あまり小さいだの細いだの言われるのは恥ずかしい。

一方ロレッタは、皆がジゼルのために行動していることに満足げだ。大変優秀な侍女ではあるが、忠誠心が少々暴走している気がしなくもない。

「ジゼル嬢、移動するぞ」

そして、ずっとジゼルを横抱きにしたままのセオドアも、色々な意味でどうかと思う。軽すぎて苦にならないのかもしれないが、こちらは女なのだと忘れないでほしい。

(まあ、セオドア様は仕方ないか。領民が心配でわたしのことを考える余裕はないわよね)

二日目から彼とは馬車を別にしてきたが、宿などで見かける彼はずっと、触れたら切れそうなほど険しい表情をしていた。

漂《ただよ》う不機嫌な空気に、ロレッタすら話しかけることを控《ひか》えていたぐらいだ。

本当はすぐにでも早馬を走らせて駆けつけたいのに、ジゼルの体を思えば無理な移動はできない。その歯痒《はがゆ》さを口にすることもできずに、ずっと堪《こら》えていたのだろう。

(ようやく領地に帰ってこられたんだもの。今は大人《おとな》しく補充に専念しましょう。わたしの魔力も減らさないと危ないしね)

テーブルと一緒に設置してあったソファに下ろされたジゼルは、早速一番手前の長剣の柄に手を載せる。先ほどの大剣と違い、こちらの刃は青が混じっているようだ。

「わっ……！」

魔力を注ぐと、今度は刃を清水《しみず》が包み込んだ。テーブルがびしゃびしゃになるかと思ったがそんなこともなく、一滴残らず吸い込まれた後、真っ青な宝石の刃へと変化していく。

（そういえば、さっきの火も木箱を燃やさなかったわね。本物の水じゃなくて、これは魔術的な力なんだ……）

ジゼルが手を離すと、すぐに別の兵士が長剣を持ち上げる。キラキラと輝く刃は本当に美しく、これが武器だというのが信じられないほどだ。

「うん、完璧だ！　助かるよお嬢ちゃん、ありがとな！」

（お、お嬢ちゃん……）

青い長剣を持った兵も嬉《うれ》しそうに笑うと、先ほどの眼帯男に倣《なら》うように走り去っていく。

（そこまで余裕がない戦況なのかしら）

ここに来るまでの間、馬車路で骸獣の話題が出ることは一度もなかった。

本当に危機に瀕《ひん》しているのなら、別のところで噂《うわさ》を聞いてもおかしくないと思ったので、現場もまだ余裕があるのだと予想していたのだが。

（……いや、よそに状況が漏《も》れていないのは、多分わざとね）

骸獣は国王が危険視するほどのものだ。きっとジゼルの魔力と同じで、一度でも溢《あふ》れたら死に直結するような存在なのだろう。

(あの堅牢な防壁は、町を守るのと同時に、この地で必ず食い止めるという意味もあるのかもしれないわ。領主の屋敷に怪我人が集まっている時点で、平穏な状況とはいえないもの)

とにかく、今はこの集められた武器に魔力を込めるのが最優先だ。ジゼルの体調的にも、消費を優先しなければ危ない。

(よし、次はこれね)

ジゼルが手を添えると、刃からは様々な輝きが溢れてくる。緑が混じったものからは爽《さわ》やかな風が、白が混じったものからは雷のような光の線がばちばちと走った。

そして込め終わると、兵たちがすぐに武器をとって去っていく。

ソファの横に立つセオドアも、最初の一人以降は特に止める素ぶりもない。ということは、大急ぎで駆けていくのが正しい戦況ということだ。

……そうして十分も経つ頃には、木箱に収められていたマナ武器は全て輝きを取り戻し、戦場へ運ばれていってしまった。

この速度で持っていかれる武器なら、確かにバークレイ家と送り合うのは間に合わないだろう。取り合いにならなかったのが不思議なぐらいだ。

「……これは、どれぐらいの時間で、補充されてたの、ですか？」

「そうだな。人にもよるが、一本につき半日ぐらいかかってたと思うぞ。あいつらの様子から察したと思うが、あんたほどの早さで補充ができるやつはもちろんいないな」

（半日もかかったんだ。ずいぶん魔力が必要なのね）

それなら、彼らが喜び勇んで去ったのも道理かもしれない。マナ武器でしか戦えないのなら、あの木箱に収まっていた分だけ待っていた者もいたはずだ。

怪我人が多かったのも、補充を待ちきれずに普通の武器で挑んだ結果、の可能性が高い。

（全部で二十本の武器があったわ。これで十日ぐらい短縮できたことになるし、戦況も少しはよくなるといいのだけど）

「あの、あとは……」

「本当に助かったよ、ジゼル嬢。これでしばらくは戦える」

「え」

ジゼルの質問を遮《さえぎ》って、セオドアが感謝を口にする。それは今のジゼルにとって、残酷で深刻な一言だった。

「あの、ご令息？　まだたった二十本しか補充していませんよ。まさか、辺境伯領の兵が二十人しかいないことはありませんよね？」

「さすがにそれはないぞ。けど、あれだけあればまあ、いくらか余裕が……」

（わたしのほうが、全然足りないんですけど⁉）

セオドアのまさかの返答に、体からスーッと血の気《け》が引いていくのがわかった。

（過剰《かじょう》吸収症のわたしを連れてくるのだから、もっと大変な事態になっていると思ったのに）

〝たったあの程度〟で落ち着くのだとしたら、ジゼルのほうが由々《ゆゆ》しき事態だ。

「まさか、先ほどの武器の在庫は、あれで全部とはおっしゃいませんよね!?」

「え……？」

ロレッタもジゼル同様に血の気の引いた青い顔で詰めよる。ここでようやく、セオドアも彼女が声を荒らげている意味が〝逆〟だと気付いたようだ。

特にロレッタは、ジゼル本人よりも具合を把握している。焦《あせ》るのも当然だ。

「いや、この二倍は確実にあるが……マジか。そっちの意味かよ。だが、前線で使ってるかもしれないし、俺がいない間に壊れた可能性もあるし……」

「はあ!?　それでは困りますよ!?」

案の定、困惑しながら答えたセオドアに、ロレッタは悲鳴を上げた。

ジゼルの魔力は、あの程度を補充しただけではほとんど減っていないのだ。

「早く補充できるマナ武器を回収してきてください！　それから、こちらのお宅のタンクを、できる限り沢山《たくさん》お願いします!!」

「んなこと言われても……武器はすぐに持って来させるが、うちはほとんどマナ家具を使ってないんだよ！　俺は魔力ゼロだし、他の連中もマナ武器に優先して回してたから、タンクなんていくつあるか……」

「そんな！　馬車に載せているタンクは、最後の宿を出るまでに全て満タンにしてしまっているんですよ!?」

「は？　あの量をか!?」

そう、フィルが二台に分けたことで馬車には最大型タンクを八つ載せていたのだが、それすらも全て満タンにしてしまっているのだ。

（ここに来るまでに使った分なんて、わたしにとっては大した量じゃない。……どうしよう。もう消費できる先が……）

悩んでいる間にも、ジゼルの体には着々と魔力が溜《た》まり続けている。

その証拠に、武器への補充で一度は落ち着いた眩暈が、視界を狂わせ始めていた。

「ひとまず馬車に戻りましょう。私たちが乗ってきた失敗作なら、動くだけでそれなりに消費できます。あなたたち、行き先は適当で構いませんから領内を走らせてください！　そっちの二人は水筒を全部座席に載せて！　製氷機も稼働させないと、お嬢様が!!」

『かしこまりました!!』

御者たち四人分の返事がきれいに揃《そろ》って聞こえる。続けて、彼らが泣きそうな声をこぼしながら、走っていく様子も。

「くそっ、俺は前線から魔力切れのマナ武器をかき集めてくる！　領内にも声をかけて、タンクがあればすぐに……おいジゼル嬢頼む、死ぬなよ!?」

（それは、難しいかもしれないですね……）

揺れる視界は端がどんどん暗くなっていき、次第《しだい》に音すらも霞《かす》んで消えていく。

(本当に、あり余っているせいで死ぬなんて……どうすれば……)

「お嬢様？　お嬢様!?」

ロレッタの切実な叫びを最後に、ジゼルの意識はぷつんと途切れた。

＊＊＊

(……生きてる？)

「お嬢様!!」

次にジゼルが目を覚ましたのは、見知らぬ部屋でだった。

重たい体は横たわっているようだが、視界を埋めるのは天井ではなく、深緑色の布……恐らくは天蓋《てんがい》というものだ。

ずいぶん左端に寄っており、右側はもう二人ぐらい眠れそうなほど広く空いている。バークレイ家の屋敷よりも、旅路で泊まったどの宿よりも、大きくて豪華なベッドだ。

よく見えないのが残念だが、ワイアット家の客間のような場所にいるのだろう。

「お嬢様、私がわかりますか？　お嬢様！」

そして、ジゼルの手首辺りを掴《つか》む温かな手。ハッキリとは見えないものの、ジゼルを誰よりも大切にしてくれる専属侍女の顔はさすがに忘れていない。

「おはよう、ロレッタ。……おはようで、合ってる？」

「ええ、合っています！　おはようございます、お嬢様……！」

震える声に続いて、ぱたぱたと雫《しずく》がジゼルの腕を濡《ぬ》らしていく。

生き残れはしたものの、ずいぶん彼女に心配をかけてしまったらしい。

（本当に、よく生きていたわね、わたし……）

今回ばかりはもう無理かと思ったが、意外としぶといものである。

ふと手の中を確認すると、見慣れた小さな銀板と補充管が握られている。ロレッタがわざわざ手首を掴んでいたのも、これを離させないためだったようだ。

（でも、これじゃあすぐにまた駄目になっちゃうわ）

かろうじて生き残れはしたが、消費される魔力が極めて少なく、生と死の天秤《てんびん》がギリギリで釣り合ったままだ。熱も高く、体が鉛のように重たい。

（我が家でもしょっちゅう倒れていたけれど、何とかできるって思えたものね……今は、もう）

バークレイ家の人々は、常に何らかの消費手段を用意してくれていた。

もちろん、ジゼルの魔力に金銭的価値があることも関係しているだろうが、それでも一丸となって準備をし、決してジゼルを死なせないように動いていた。

こうして離れてみると、彼らの献身がどれほどありがたかったか、改めて痛感する。

……だがここにはもう、ジゼルを生かすためのものが何もない。

魔力が多すぎるから招かれたのに、その過多を解消できず死んだとなれば、きっと笑い話だ。

(この場合、命を下した国王陛下の評価も悪くなるのかしら。いや、その前に、お父様たちがわたしのせいで悪く言われてしまったらどうしよう……)

ただでさえ歪《ゆが》んだ視界が、ますます滲んでいく。……どうやらジゼルは泣いているらしい。

「お嬢様、お辛いのですか?」

「ロレッタ……死にたくない。……みんなに、何も、返せてないのに、まだ死にたく……」

「もちろんです！　死なせるものですか」

ボロボロと流れ落ちていく涙を、ロレッタの指が優しく拭《ぬぐ》ってくれる。目も鼻も口も燃えそうなほど熱くて、息が苦しい。

(どうしよう。どうしたらいいの……)

「持ってきたぞ!!」

訊《たず》ねようとした声は、扉を蹴《け》り開けた大きな音にかき消されてしまう。

ダンッと床を踏み壊すような靴音を響かせたのは、セオドアだ。鬼のような形相《ぎょうそう》になっていたせいで、一瞬彼だとわからなかった。

「あんた意識が戻ったのか!?　魔力切れのマナ武器を回収してきたから、すぐに使ってくれ！」

セオドアはジゼルの視線に気付くと、大急ぎで両手に抱えた木箱を押し付けてきた。

中身はもちろん、色とりどりのマナ武器だ。一箱に溢れそうなほど詰め込まれている。

「あ……」

セオドアは補充管を握っていないほうの手をとると、手のひらと甲にそれぞれ一本ずつ武器の柄をくっつけてくる。

途端《とたん》に高熱の元が吸い取られる感覚がして、ほんの少しだけ息がしやすくなった。

「俺はあんたに辛い思いばかりさせてるな……何か食べられそうか？　飲み物は？」

「喉は、少し……」

ジゼルがなんとか答えると、ロレッタがベッド横のチェストから小さな水差しをとってくれる。コップに注がなくても飲める、病人用のものだ。

ゆっくり喉を潤《うるお》している間も、セオドアは持ってきた武器を何度もジゼルの手に触れさせては戻すという作業を繰り返している。

マナ武器への必要量は決して少ないわけではないが、ジゼルの状態を劇的に変えられるほどでもないのが残念だ。

「あり、がとう」

「当然のことです。……ですが、もう武器が」

ジゼルが水差しを離す頃には、セオドアが持ってきた武器はほとんど満タンになってしまっている。木箱の中でキラキラと輝く刃が、今はひどく残酷なものに感じられた。

「付近の民家にも聞いて回ったのですが、ある分のマナ家具は全て補充が終わってしまいました。後はこうして、一度使い切ってもらわないと……」

ロレッタが悔しそうに歯を噛《か》み締めた音が聞こえる。ジゼルが倒れている間に実家にも救援要請はしてくれたそうだが、果たして報《しら》せが届くまでジゼルが生きていられるかどうか。

「……ジゼル嬢、本当に嫌だとは思うんだが、聞いてもらえるか?」

すっかり沈んだ二人の耳に、低い声の提案が届く。

無言で続きを促《うなが》すと、セオドアは意を決した様子でジゼルの手を握った。

両手で、しっかりと。


「――骸獣討伐の最前線に、一緒に来てほしい」


「……ご令息、血迷いましたか!?」

セオドアの意外すぎる提案に、ジゼルの代わりにロレッタが応える。

わざわざ言うまでもなく、ジゼルに戦闘技能などはない。それどころか、強い風が吹くだけで倒れそうなほど貧弱だ。

今回の件だって、安全な後方で補充をするだけだから来たというのに。

「まさか、お嬢様を戦場に連れ出して、事故死を偽装するおつもりですか？」

「そんなわけないだろ！　マナ武器をその場で補充したほうが早いと思っただけだ。俺がここまで運ぶ間に死んじまったら、悔やんでも悔やみきれない。それに……」

「若！　こちらでしたか！」

二人が言い合う場に、別の声が入ってくる。どうやら扉が開けっぱなしだったらしい。駆け込んできた兵は、明らかに切羽詰《せっぱつ》まった様子だ。

「どうした」

「大型が出ました！　すぐに向かってください。あいつらだけでは、抑えられないかと！」

「今かよ、くそ……！　わかった、すぐに行く」

切実な訴えに、セオドアは苦々しく頷く。

ジゼルも死にかけているが、辺境伯領の戦況も芳《かんば》しくないようだ。

(彼以外の人に持ってきてもらう余裕もなさそうね……)

「……車椅子は、どこに？」

「お嬢様!?」

彼らが黙ったのを見計らって訊ねると、ロレッタの顔が驚愕に歪んだ。

ジゼルのような小娘が戦場に向かうなんて、信じられない話だろう。それでも、もうこうするしかジゼルが生き残る方法もない。

「やるしか、ないわ。ここにいても、死ぬもの」

「それは……ですが」

「感謝する、ジゼル嬢」

ジゼルの決断に、セオドアはしっかりと頷く。ロレッタもまた、ぐっと強く涙を拭うと、真っ赤な目元のままでジゼルに従った。

「わかりました。すぐにお持ちしますので、お待ちを」

「いや、車椅子はいらない。俺が運ぶ」

「あ」

ロレッタを止めるのと同時に、セオドアの腕がジゼルの体に伸びている。布団をどかして、肩と膝《ひざ》の裏に。

三度目ともなればもう驚きはしないが、全くもって手の早い男だ。

(横抱きが好きなのかしら、この人……)

「お前はその箱を頼む。使えるようにしてもらったマナ武器だ」

「かしこまりました！」

呼びに来た兵にさっと指示を出したセオドアは、一拍も止まることなくジゼルを抱き上げて、そのまま客間を飛び出した。

（は、速い!?）

どうやら過去の二回は、あれでも気を遣っていたらしい。

走るというより跳ねているような歩幅のセオドアは、あっという間に屋敷を出ると、そのまま屋外の連絡用通路を駆け抜けていく。

ダンッと靴音が響く度に景色ががらりと変わって、よく見えないなりにも目が回りそうだ。

そうして恐ろしい速度で訓練場の通路を走り抜けたセオドアは、巨大な壁の前で一度足を止めた。馬車の窓からも見えていた、町全体を取り囲む防壁だ。

「若、来てくれましたか！」

（なんて大きいの……）

目測だが、二階建ての屋敷が縦に三棟は重なりそうなほど高い。

続けて、兵が出入り用の鉄扉を開けてくれたのだが、厚さもまたすごかった。くり抜かれた防壁内だとすぐにはわからず、どこか別の部屋に入ったと錯覚したほどだ。

厚みだけでも、立派な軍馬の体長に匹敵《ひってき》するだろう。

（こんな分厚い壁、人の武器では到底壊せないわね。辺境伯領の人々が戦っている相手は、これほどの防衛手段が必要なの？）

防壁から直で繋がっていたのは、象牙色《ぞうげいろ》の石でできた回廊だった。

壁の部分が全て凸凹しているので、ここも弓兵などを配置しておく場所なのだろう。

（ずいぶん古いところね……）

詳しくはないジゼルにも、年季の入った建物であることは一目でわかる。

それに、雨ざらしで老朽化しただけではない傷が、あちこちに見受けられた。今すぐ崩壊することはないにしても、人が住むには耐久性に問題がありそうだ。

（それに、かなり大きいわ。お城みたい）

ワイアット家の屋敷も立派だったが、ここはその何倍も大きいように思える。それこそ住居ではなく、多くの兵士が詰める防衛拠点といったほうがしっくりくる姿だ。

「ここは大昔からあるワイアットの砦《とりで》だ。後ろの防壁が完成するまでは、この砦が最終防衛線だったそうだ。今はここが最前線だけどな」

「……戦況が、押されてるん、ですか？」

「そういうわけでもないぞ。下に降りて戦うよりは安全だから、ここを戦場にしてる感じだ。思考力のない相手だから、一概にはなんとも言えんが」

そう言って、セオドアは凸凹した壁に寄って外を見せてくれる。下と言った通り、この回廊は高い位置にあるらしく、地面はかなり遠かった。

（すごいわね。下は全部森だわ）

そして見えたのは、一面の緑だ。大きな町が丸々収まるぐらいに巨大な森が広がっている。ところどころ高低差があったり大きな岩山が見えたりするが、豊かすぎるほどの自然の中に人工物は何も見えない。

一番端と思われる遠くには、濃い霧に覆《おお》われた山が連なっていた。

「あちらは、隣国？」

「いや、海だ。隣国との国境は反対側だな。……あの山の辺りがマナ噴出地帯だよ」

（あ！）

そういえば、噴出地帯の恐ろしく濃いマナが骸獣を生み出すのだと言っていた。

（じゃあ、この下が手つかずの自然なのは、マナが濃すぎて近寄れないってこと？）

思ったよりも広範囲に被害があるようで、ジゼルは言葉を失う。

貴族とは大抵《たいてい》、治める領地から得られる税が収入源だ。人の住めない土地が広いほど、管理する労力が無駄《むだ》になってしまう。

（もっとも、辺境伯となれば普通の貴族とは違うでしょうけど）

「若、来てくださったんですね！」

ジゼルがあれこれ考えていると、回廊の先からセオドアを呼ぶ野太い声が聞こえてきた。

視線をそちらへ向ければ、今走っている道の少し下に、大きな舞台のような広場が見えてくる。元は建造物があったと思しき残骸も見られるが、ほとんどが崩れているようだ。

かろうじて残る壁を盾代わりに、しゃがみ込んだ兵たちがこちらに手招きをしている。

「待たせたな。無事か」

「今のところは。ですが、なんでお嬢さんを連れてきたんです⁉　こんな危ないところに」

「不可抗力だ。部屋で寝かせておくほうが危ない状態なんだよ」

セオドアは走る速度を上げると、そのまま滑り込むように兵たちと合流した。重傷者はいなさそうだが、皆手足や衣服のところどころに血が滲んでいる。

「それより、魔力切れのマナ武器はないか？」

「ありますあります！　お嬢さん、頼みますわ」

兵はそう言うと、背中に隠していた武器を差し出してきた。初めて見る斧型《おの》のものだ。

（マナ武器って色々な形があるのね）

セオドアに支えられながら手を添えれば、大きな刃はたちまちに輝きを取り戻していく。剣よりも刃の幅が広い分、魔力を得た武器は眩《まぶ》しいほどにきれいだ。

「助かりやす！　お前ら、今の内に武器補充してもらうぞ！」

斧の男が声を上げると、周囲の壁や柱の残骸からわらわらと兵たちが姿を見せる。中には魔力切れの武器を集めていたのか、いっぱいに詰めた回収箱や樽《たる》を持ってくる者もいた。

「これで少しは楽になるか」

（少しだけですけどね……）

ジゼルが手を伸ばす度に、砂まみれの無骨な武器が宝石のような輝きを取り戻していくのはちょっとだけ楽しい。

その間、セオドアがジゼルを離そうとせずに抱いたままなのが恥ずかしいが、何が起こるかわからない以上は大人しくしているしかない。何せここは戦場だ。

「おい、また来たぞ！」

八割がた補充が終わった頃、端から外を見ていた一人がぶんぶんと腕をふった。

……と同時に、反対側の回廊のほうから、砂埃《すなぼこり》を立てて何かが近付いてくる。

「若はとりあえず、お嬢さんの傍《そば》に」

「ああ」

兵たちは補充の終わった武器をひっ掴むと、慣れた様子で砂埃のほうへ向かっていく。

彼らの隙間からかすかに見えたのは――石や鉄などでできた、大型の『何か』だった。

（大きな犬？　狼《おおかみ》、かしら？）

体長は成人男性ほど。四足歩行で動く生き物のような形をしているが、明らかに〝物〟だ。

長さや大きさがバラバラの材料を、無理やりくっつけて犬っぽい形にした物体。

へたくそな工作というのが一番しっくりくる。

……それが、ひとりでに動いていた。何体も、何体も。

（なに、あれ⁉）

まるで、素人《しろうと》のお芝居を見ているような歪《いびつ》さだ。……あるいは、悪夢か。

しかし、斬りかかった兵たちの武器は、激しい音と火花を散らしている。

ぎこちなく動く物体と、確かに〝戦って〟いるのだ。

「見えるか？　あれが、骸獣だ」

（本当に、『物』が動くなんて……）

目の前で起こっていることなのに、現実味が全くない。

生物ではないものを〝討伐しろ〟なんて、たちの悪い冗談のようだ。

（でも、実際に人が戦ってる……こんな恐ろしい光景が、現実なんだ）

気を失いそうなジゼルの体を、セオドアの手が倒れないよう強く支えてくれる。

……守るだけではなく、辺境伯領の戦いをジゼルの目に焼き付けるためかもしれない。

「あっ⁉　くそ！」

そのうち、一人の兵がふるっていた武器が光を失った。途端に刃は骸獣の表面に弾《はじ》かれて、その反動でたたらを踏む。……魔力を込めないと、骸獣には本当に攻撃できないらしい。

「武器を替えろ！」

「っ、はい！」

セオドアが叫びながら、補充済みの武器を地面に滑らせる。兵は自分の武器を同じように滑らせると、足元に届いたそれを掴んで、再び戦いに向かった。

（あ、扱いが雑すぎないかしら！）

「大丈夫だ。骸獣の表面以外では、傷一つつかないぐらい硬い素材だ。補充は任せる」

口にせずとも抗議が伝わったのか、セオドアは誤魔化《ごまか》すように答えてから転がってきた武器を拾い、さっとジゼルに差し出してくる。

確かに刃は頑丈そうだが、もう少し丁寧に扱ってもバチは当たらないだろう。

（他の貴族の家では宝のように飾る代物《しろもの》なのに、すごい差だわ。まあ、いちいち持ってくるよりは、このほうが早いのかもしれないけど）

やりとりを見ていた兵たちも、魔力が切れたものを次々にジゼルに向けて転がしてくる。どうやら全ての武器が共用らしく、種類をえり好みしている様子は見られない。

どんな武器でも扱えるのなら、彼らは皆かなり優秀な戦士だ。

（それにしても、魔力切れがずいぶん早いわ）

人にもよるが、せいぜい二十数回も攻撃を加えたら、刃から光が失われてしまっている。

一撃入れる度に派手に火や水が飛び散っていたりするので、消費が早いのもわからなくはないのだが……それでも、あまりに早い。

「燃費が、悪すぎでは……」

「まさか。普段からこの早さだったら、とっくに全滅してるよ。今日はあんたがすぐに補充してくれるから、ちょっと贅沢《ぜいたく》な使い方をしてるんだ」

（ああ、なるほど。魔力の放出は彼ら側で調整できるのね）

ある意味で、ジゼルのための戦い方だったようだ。

気付けば二人ほど武器を拾う係がおり、どんどんジゼルのもとへ運んでくれる。「補充が早すぎて信じられない」と笑う姿は、どこか楽しそうだ。

「魔力はどうだ？　多少は減って楽になったか？」

「あまり……」

良い調子ではあるものの、この程度でなくなるほどジゼルの魔力量は少なくない。常に人の何倍もの速さで吸収し続けているのだから、もっともっと消費させてくれなければ。

「そうか。あんた、本当にとんでもないな」

「まあ、まだ小型の骸獣しか出てないしな」

（小型？　まさか、今戦っている骸獣は、あれで小さいほうなの!?）

困ったようにため息をついたセオドアに、今度はジゼルのほうが驚いてしまう。

兵たちが戦っている骸獣は、決して小さくは見えない。一体一体がジゼルよりもずっと大きいのに、彼らにとってはあれで『小型』だというのだ。

（そうだわ。さっき部屋に来た兵は、大型が出たと言っていた）

では、セオドアを呼びに来る理由となった骸獣は別で、もっと巨大な何かが襲ってくるということだ。にわかには信じがたい話だが、実際に『物』が動いている様子は見えている。

（だったら、一体何がくるの？）

焦りが魔力吸収をさらに早めたのか、触れた先からマナ武器が満タンになっていく。

ひとまず、武器の不足をどうにかできれば——そう思った次の瞬間。

ズシン、と。突如《とつじょ》、巨大な防壁を揺らすほどの地震が起こった。

(な、何!?)

とっさにセオドアの上着にしがみついたが、彼は目つきを鋭《するど》くして遠くを睨《にら》んでいる。

「……来たか！」

地震は一度では治まらず、二度、三度と砦を大きく揺らす。崩れかけた残骸が、パラパラと音を立てて下の森へ落ちていった。

(来たって、一体何が……)

魔力の溜まった体は熱くてたまらないはずなのに、背中に冷や汗が流れる。

揺れは激しさを増していき、次第に落雷のような轟音《ごうおん》までもが響き渡る。足場が不安定すぎて、立ち上がって逃げることすらできない。

「——……あ」

なんとか耐えること十数秒。晴れていた空から、突然太陽が消えた。

否、大きな何かが立ち上がったことで、砦に影がかかったのだ。

(なに、これ)

先ほど回廊から眺めた時には、岩山か洞窟《どうくつ》だと思っていた大きな塊《かたまり》。

それが——動いている。明らかに生き物ではない岩石の塊が、立ち上がっている。

やがて、巨大な防壁に匹敵するほどの高さになったそれは、子どもの頃に読んだ絵本に出てきた『ゴーレム』という想像上の怪物によく似ていた。

「全員下がれ!!」

セオドアの鋭い指示とほぼ同時に、とんでもない質量が砦に叩《たた》きつけられる。

つい先ほどまで『舞台』だったはずの戦場が、クッキーを割るようなお手軽さで砕け散ってしまった。

「……ッ、くそ！　あんた、怪我は!?」

首を横にふるジゼルに、かすかな息の音が聞こえる。とっさに飛びのいたセオドアのおかげで、抱きかかえられたままだったジゼルも無事だ。

……隕石《いんせき》でも落ちたかと思うほどの衝撃は、あの骸獣の腕部分の攻撃だったらしい。

(なんなの……これは)

ジゼルは無事だったが、兵たちには今の一撃で被害が出ている。生き埋めとまではいかずとも、崩壊に巻き込まれて体勢を崩したり、負傷した者も多いだろう。

(これが、こんなものが、骸獣なの!?)

カチカチと音を立てているのは、ジゼルの震える歯だ。

冗談ではない。こんな恐ろしいものを、一領地の兵たちに任せているというのか？

鍛えているとは言っても、生身の人間に〝動く山を倒してこい〟と？

（ありえないわ……地獄そのものじゃない！）

ジゼルも日々死にかけてはいるが、こんな激しい死ではなかった。

一歩間違えたら、ここでは死体すら残らない。

「こんなの、どうしろと……」

「どうって、戦って倒すんだ」

「冗談でしょう!?」

死にかけの小娘らしからぬ大きな声に、セオドアは目を瞬《またた》いた後、ふっと不敵に口角を吊《つ》り上げた。

「大丈夫だ、あれぐらいの骸獣なら初めてじゃない。昔は年に一回出るかどうかだったらしいが、今は月一で出る。それで、あんたにわざわざ来てもらうことになっちまったんだよ」

（わたしを呼ぶ前に、国へ援軍要請をするべきよ!?）

骸獣という化け物も異常だが、この地で暮らすセオドアたちも感覚がおかしくなっている。

これが平和なバークレイ領なら、最初の小型が一体でも出た時点で大騒ぎだ。

「若、お待たせしました！」

そうこう言っている間に、防壁のほうから木箱を頼んだ最初の兵が駆け寄ってきた。その後ろには、戸惑いを隠しきれていないロレッタも見える。

「おう、貸してくれ。あの大型は俺の獲物だ。お前らは彼女の護衛を頼む。……死守だ」

「はっ！」

セオドアの慣れた指示に、兵たちは揃った返事を返す。

次いで彼はジゼルを床に座らせると、木箱から大剣を掴み、駆け出していった。

（あんなのと戦うって、人間がどうやって……）

「よし、若に続くぞ！」

（嘘でしょう⁉）

セオドアに倣うように、兵たちも次々に大型骸獣へ向かっていく。どういう環境で育てば、山に剣で戦いを挑むような度胸が鍛えられるのだろうか。

「こら、あなたたち！　全員行ってしまったら、誰がお嬢様を守るのですか⁉　それから、マナ武器は補充しやすいように並べて置いていきなさい！」

（ロレッタも気にするところが違う‼）

普通は彼らの戦闘そのものを止めるところなのに、咎《とが》められた兵たちも「悪い」と軽く言いながら、魔力切れの武器を並べてから駆けていった。

……もはやこの場に、普通の感性を持った人間はジゼルだけのようだ。

「遅くなってすみませんでした、お嬢様。すぐに補充を始めましょう」

「もう、何が何やら……」

ロレッタはジゼルのすぐ近くに腰を下ろすと、テキパキとマナ武器を順番に手渡してくる。

ありがたいことはありがたいが、違うそうじゃない。

「おっしゃりたいことはわかります。私とて、まだ混乱しておりますとも。ですがお嬢様、我らにできることは他にはありません。それが対抗手段となり、かつお嬢様の命を救うのですから、今はより多くのマナ武器を補充いたしましょう」

「……そう、ね」

言いたいことはあるが、今はロレッタが正しい。

ジゼルが生き延びるためにも、あり余った魔力をどんどん戦力にしていかなければ。

「ハッ！」

並んだ柄に手を添えていると、セオドアの勇ましい声が聞こえてくる。

比較できないほど大きさに差がある相手に、一歩も退《ひ》かず斬りかかる様は実に凛々しい。

しかも、彼の攻撃は的確だ。斬りつける度にもろい場所を探っていたのか、ついには小さな剣の攻撃で、巨体の腕部分に大きく亀裂《きれつ》を刻んでいる。

「すごい……」

「へえ、あの方強いのですね。オロオロしているか黙って苛《いら》ついているかのどちらかしか見なかったので、しょうもない男なのかと思いましたが」

（それはさすがに失礼よ、ロレッタ。わたし本人だって困っている体調なのに、的確な対処を他人に求めるのは酷《こく》だわ）

絵面《えづら》だけ見れば、山に小人がまとわりついているようにしか見えない。

それでも、彼らはちゃんと〝戦って〟いるのだ。ズシンズシンと信じられない轟音を立てて揺れる地面も、先ほどよりは弱まってきている。

「しかし、これではお嬢様の消費が間に合わなくなりますね……あなたたち、遠慮しないでもっと武器を持ってきなさい！」

「こら」

ロレッタが大きな声で呼びかけると、すぐに回収用木箱いっぱいの武器が担ぎ込まれてくる。彼らにとっても、即座に魔力補充が叶《かな》うのは戦いやすいようだが……。

(ロレッタの言う通りね。状況に慣れてきたら、魔力のほうが危なくなっているわ)

骸獣が恐ろしいことは変わらないが、また魔力による死がじわじわと近付いてきている。彼らが戦って消費してくれるよりも、ジゼルのマナ吸収のほうが早いのだ。

ふらつき始めた頭を支えつつ、なんとか魔力を注ぎ続ける。セオドアたちも善戦しているが、いかんせん決め手に欠けるため、このままでは戦いは長引くだろう。

(持久戦になったら、わたしが死ぬのが先かもしれない……)

「くっ……何か、もっと大きく魔力を消費できるマナ武器はないのですか⁉」

「あ、あるにはあるんだが」

ロレッタの剣幕に気圧《けお》された兵たちが、スッと崩れた舞台の下を指さす。奥まったそこには壊れかけの木扉がついており、何かの保管庫のように見えた。

「こんなところに？」

人の出入り口らしくない無骨な扉に、ロレッタが片眉を上げる。

ジゼルも気になったので肩を借りながら向かうと、やはりそこは古い武器庫だった。

折れた槍《やり》や錆《さ》びた剣が樽ごと転がる中、大きな筒がかすかな光に照らされている。この武器だけは周囲と比べて、砂埃もかぶっていないようだ。

「大砲ですか？」

「似たようなものだ。いわゆる、攻城兵器の一種なんだが」

近付いてよく見ると、一般的な大砲よりも筒が細長いことがわかった。本体下の台座は、やや錆びているが移動式である。

何よりも重要なのは――砲身には見覚えのある模様状の配線が、びっしりと刻まれていた。

「……これ、マナ武器だわ」

間違いない。これは、射出型のマナ武器だ。支える砲架《ほうか》部分はタンクによく似た畜魔力構造になっており、だいたい二割程度溜まっているのが感じられる。

「こいつは俺たちの切り札さ。だが、一発撃つのにとんでもない量の魔力が必要でな。みんなで少しずつ溜めてはいるんだが、撃てるのは数か月に一度ってとこだ。俺も使ってるところは一度しか見たことがねえ」

残念そうに笑う兵たちに対して、ジゼルとロレッタは顔を見合わせる。

普通の人間なら何か月もかかるであろう魔力消費量。だが、それを補充するのがこのジゼルならばどうか。

「あなたたち、これはあちらまで運べますよね？」

「もちろんだ。二人もいれば動かせるぜ」

「でしたら、これをあの大型骸獣に撃ちましょう」

「正気か!?　そりゃ、効き目は間違いないだろうが……」

驚愕する兵たちに、ロレッタが不敵に笑ってみせる。

剣などの細かいマナ武器では、もはやジゼルの魔力消費が追い付かない。ならば、試せるものは全て試さなければ。

(わたしなら、多分やれるわ)

「ロレッタ、支えて、くれる？」

「もちろんです、お嬢様」

ジゼルたちの迷いのない態度を見て、兵たちも大丈夫だと思ったようだ。ガタイのいい男が左右につくと、ゴトゴトと鈍《にぶ》い音を立てて砲台が動き始める。

「は？　お前ら、何して……」

武器庫から出ると、ぎょっとした様子でセオドアがジゼルを見た。

だが、自分たちが戦うものに照準を合わせる砲身に気付くと、強く頷いてくれる。

「お前ら、骸獣から離れろ！　巻き添えを食らうぞ!!」

「マジか!?　あの砲、もう撃てるんでしたっけ!?」

セオドアの指示に、皆も信じられないような面持ちで骸獣から距離をとる。

最後に一人残った彼だけが、骸獣が砦から離れないように引き付けてくれているようだ。

「角度よし。……お嬢さん、いつでもどうぞ」

「ええ」

ロレッタに背後から抱き締めるように支えてもらいながら、ジゼルは砲身に手を伸ばす。

途端に刻まれた全ての配線が光り輝いて、影になっていた砦は一気に明るさを取り戻した。

（すごい……何これ！）

今までに補充してきたどんなタンクよりも早く、ジゼルの魔力が吸い取られていく。

煤《すす》けた金属にしか見えなかった砲身も、みるみるうちに美しい橙色《だいだいいろ》へと変わり始めて――。


「撃て!!」


暴発する直前で、ロレッタの勇ましい声が響いた。

と同時に、ドンッという激しい振動。

女性には到底耐えられない反動に、二人揃って後ろに倒れ込んでしまう。

「いた……」

「お嬢様、お怪我は!?」

「へい、き」

なんとか支えてもらって上半身を起こすと――結果はすぐにわかった。

強大な魔力を放った砲身からは黒い煙が立ち上り、向けられていた大型骸獣の胴体部分には、ぽっかりと大きな正円の穴が空いている。

人力ではどうやってもできないような、きれいで正確で、かつ馬車も通れそうな大穴が。

「すげえ、なんて威力だ……」

周囲からも、信じられない様子の声が聞こえてくる。

撃ったジゼルだって信じられない。ジゼルの魔力が、大きな山に風穴を空けたなんて。

「ジゼル嬢、まだだ！　もう一発いけるか!?」

呆けたジゼルを現実に引き戻したのは、セオドアの鋭い声だ。

巨大な穴を空けてなお、この骸獣は倒されていないらしい。……いや、まず岩石の塊がどうなったら〝倒したこと〟になるのかはわからないが。

「二射目も撃ちますよ！　近くの者は離れなさい！」

「頼む！」

ジゼルの代わりに声を上げてくれるロレッタに、兵たちもしっかり従っている。

一方のジゼルは這うようにして砲身に戻って、すぐに魔力を注ぎ込む。乾いた砂が水を吸うような勢いで、魔力は砲弾へと変わっていき——再び、轟音。

「危ねえ！」

今度は近くにいた兵たちに支えてもらい、なんとか倒れるのは免《まぬが》れた。一発の反動が大きすぎて、弾き飛ばされているような気分だ。

「くっ……骸獣はどうだ⁉」

先ほどよりも下方、やや右寄りに撃たれた砲は、再び大きな丸穴を空けている。右足と思しき部分の付け根が、今の攻撃で半分吹き飛んだようだ。

巨体はぐらぐらと傾《かたむ》き、今にも倒れそうになっている。

「うわっ⁉　こっちに倒れたらまずいぞ⁉」

（まだ撃たなきゃ！　ええと、頭を狙えばいいの⁉）

「お嬢様は魔力に集中を！　照準は私たちが合わせますよ、ほら手伝って！」

ロレッタの指示により、前を向いていた砲身がキリキリと上へ動いていく。

補充要員のジゼルは、ありったけの魔力をまた注ぎ込んで——ふと、体の内側から「ぽしゅん」という間抜けな音がした。

（今、変な音が……）

「撃て!!」

発生源が何だったのかを確かめる前に、三度目の弾が撃ち出される。

背後にロレッタがいないジゼルは、今度こそ地面に叩きつけられるかと身構えたが……受け止めたのは見慣れたたくましい腕だった。

「……セオドア様？」

「お疲れ、ジゼル嬢。あんたすごいな!!」

子どものようにはしゃいだ様子のセオドアに戸惑いつつも、視線を前へと戻す。

特大の穴を三つも空けられた骸獣は、再び地響きを轟《とどろ》かせながら、まさに森側に向かって崩れ落ちていくところだった。

さすがにこれは、ジゼルにもわかる。――こちらの勝利だ。

「やった、勝ったぞ！　こんなに早く大型が倒せるなんて!!」

「すげえよ！　オレ、あの砲が連発するところなんて初めて見た!!」

地響きが落ち着いてくるのに合わせて、今度は兵たちの歓声が同じぐらい大きく上がる。

誰も彼もひどく興奮した様子で、喜びに溢れた場はジゼルが初めて見る景色でもあった。

「勝った……あんな大きな岩の塊を、倒した……」

「ああ、そうだ。あんたが倒したんだ!!」

未《いま》だ夢心地のジゼルに言い聞かせるように、強く、しっかりと告げられる。

あまりの展開に、眩暈を堪えて……。

「――――ん？」

ようやくジゼルは、自分の体の異変に気付いた。

軽い。頭が、とても軽い。腕も胴体も脚も、思わず服を着ていることを確認してしまったぐらいに、とてもとても軽い。

「お嬢様、やりましたね！」

満足げな笑みを浮かべて近付いてくるロレッタに、ゆっくりと顔を向ける。

普段なら、彼女が手を差し伸べてくれるまで待たなければいけない。いつでも熱が高い体は重怠《おもだる》くて、一人ではとても動かせないから。

ああ、それなのに、なんということか。

「お嬢様…………ッ!?」

眼前のロレッタが、息を呑《の》むのがわかった。ジゼルだって信じられない。

セオドアから自分で離れたジゼルは、自分一人だけで立ち上がることができたのだ。

「ロレッタ……わたし、一人で立ってるわ。体がすごく軽い！　怠くも、熱くもないの！　こんなの、生まれて初めて！」

「お嬢様!!」

感極まった彼女が勢いよく抱き着いてくる。

ぎゅっとしがみつかれても、後ろへ倒れたりはしない。足元は少しふらついてしまったけれど、一人で立ったまま受け止めることができた。

快挙だ。

「えっと……どういうことだ？　祝えばいいのか？」

「祝ってくださいませ、盛大に！　お嬢様が、ここまで元気になるなんて……!!」

「お、おめでとう？」

困惑するセオドアに、すぐさまロレッタが声高らかに答える。

つい先ほどまで巨大な骸獣と戦っていた彼からすれば、一人で立ち上がるなんて意識するまでもない行動を褒《ほ》めろと言われても、理解できないだろう。

だが、常に死と隣り合わせの虚弱令嬢からすれば、これはとんでもないことなのだ。

「失礼いたしました、お嬢様。大丈夫ですか？」

「ええ、驚くぐらい、元気」

やがて体を離して侍女の距離感に戻ったロレッタに、ジゼルは笑顔を返す。膝が挫《くじ》けることもなく、足の裏もしっかり地面についたままだ。

声だって、いつもよりずっと楽に話せる。ここまで体調が良いのは、本当に初めてだ。

「……これはもしや。お嬢様、額《ひたい》に触りますね」

ジゼルの好調の理由に思い当たったらしいロレッタは、そっと額に手のひらを添える。もう片方の手を自分の額に置いているので、体温を測っているようだ。

「やはり……平熱ですよ！　私がお仕《つか》えして以降、どんなに低くても微熱はあったはずですが、これほど正常に近い感じは初めてです」

「本当!?」

ロレッタの発言に、ジゼルの心もパッと明るくなる。記憶にある限り、ジゼルの体温はいつ測っても危険な数値ばかりを示していたはずだ。

「熱がないだけで、こんなに体が楽なのね。知らなかったわ」

「お嬢様の場合は、通常の体調不良とは発熱の理由が違いますからね」

本来体が発熱する理由は、病の原因と戦っているからだ。しかし、ジゼルの場合は体の中に魔力という温石《おんじゃく》のようなものを常時溜め込んでいるため、熱が下がらないのだ。

……ということは、体温が下がった理由は一つしかない。

「じゃあ今、わたしは、魔力切れを起こしている、ってこと？」

「そうだと思います。まさか、お嬢様の無尽蔵の魔力に底が存在するとは……」

先ほど撃った大砲は、本当にとんでもない魔力量を要する武器だったらしい。

そして、ジゼルにとって今回のことは、人生を変えかねない大発見だ。

どう頑張っても微熱にまでしか下げられなかったジゼルの体温を、正常値に戻す方法がある。

それだけで、これからの未来が輝いて見えてくる。

（今なら、なんでもできそう）

ゆっくりと右足を踏み出せば、少し浮いた後にぽすんと地面に着地する。一般人に比べれば幅も狭いし遅すぎる動きだが、誰の手も借りず、何にも掴まらずに歩けている。

これこそ、ジゼルがずっと渇望《かつぼう》してきたものだ。

「セオドア様、本当にありがとうございます。わたし、辺境伯領へ来られてよかったです」

「……ッ！」

できる限りの笑みを作ってから感謝を告げれば、瞠目《どうもく》したセオドアが固まってしまった。何かを言いかけたままの口も、半開きのままだ。

（あら？　もしかして、わたし変な顔をしているのかも？）

このところ生きているのか死んでいるのかすらあやふやな状態だったので、己の身なりなど気にしていなかった。

とっさに自分の頬を触って確かめてみるものの、鏡がないとよくわからない。

「あの……？」

「……なんでもない。そう言ってもらえると、俺もありがたいよ」

少し待つと、セオドアは口元を覆いながら、返答をくれた。

だが、討伐直後の全力で声を上げていた様子と比べれば、やはり他人行儀《ぎょうぎ》感が強い。

周囲の兵たちはまだ喜びの雰囲気なので、彼一人だけ急に落ち着いたのは少し異様だ。

「何か、ご気分を害してしまいましたか？」

「違うんだ。あんたが笑ってるところ初めて見たから、ちょっと驚いて……」

（そうだったかしら？）

そもそもの話、セオドアとは馬車路の間ろくに顔も合わせていなかったので、容貌の記憶すら曖昧《あいまい》だ。しかし、体調から考えれば、まあ笑ってはいなかっただろう。

「それに、その……体温が平熱に下がったとか、一人で立てるとか。そんな当たり前のことを喜ぶほど具合の悪いあんたを、こんなヤバいところに連れてきちまったのかって。今更《いまさら》申し訳なくなってさ」

「ご令息、それは本当に今更では？」

「そうなんだが。健気《けなげ》さに泣けてくるっつか……悪かった。いや、まずは感謝だな」

何やら下を向いてブツブツと言っていたセオドアは、ゆるく首をふった後、さっと一歩でジゼルとの距離を詰めた。

次いで、驚くよりも早く、ジゼルの手を両手で握ってくる。

「ありがとな、ジゼル嬢。本当にありがとう」

「は、はい……」

きゅっと握られた手は、気遣われた力加減で決して痛くはない。

なのに、込められた気持ちの真摯《しんし》さが痛いほどに伝わってきて、頬が燃えるように熱くなる。

せっかく今は熱が下がっているのに。

「ご令息、気持ちはわかりますが、あまりベタベタしないでくださいませ。お嬢様は正真正銘の箱入り令嬢なのですよ？」

「おっと、悪かった！　俺はこういう荒っぽい連中とずっとやってきたから、どうにも貴族の常識に疎《うと》くてな。……そうだな、今後は気をつけるよ」

ロレッタが呆《あき》れたように声をかけると、セオドアはすぐに手を離した。そのまま、他の兵たちに呼ばれてジゼルから離れていく。

握られていた手も、そこにだけ魔力が残っているかのように、まだ温かい。

「大丈夫ですか、お嬢様」

「え、あ、平気。ちょっと驚いただけ。……多分、嬉しかったの」

ロレッタが案じてくれるので、ジゼルも正直に返す。

……そう、嬉しかったのだ。ジゼルの命を脅《おびや》かすほどの魔力が、彼らの役に立てて。そのことに対して、ありがとうとまっすぐな感謝を伝えられて。

「みんながね、わたしに沢山の言葉をかけてくれたことは、知っているのよ。でも、わたしの目も耳も、いつもぼんやりしていたから、自信が持てなかったの。今日は、ハッキリと感謝を受け取れたから……嬉しい」

王命を〝ジゼルあてに〟受けた時も、誇らしい気持ちはあった。

けれど、道中があまりにも不安定だったせいで、家の名を貶《おとし》めてしまうのではないかという不安のほうが膨《ふく》らんでいたのだ。

（いっそ消えてしまいたいと、何度も悔やんだけれど……）

――今日、ジゼルは確かに皆の役に立った。ジゼルはこの場に必要な存在だった。

いつもしっかりと礼を受け取れていたなら、もっと自分に自信を持って生きられたかもしれないが……今、確信は得られた。これまでとは変われたのだ。

もちろん、世話をしてもらったことへの感謝も、迷惑をかけ続けることへの謝罪も忘れるつもりはない。ただどうしても〝もったいなかった〟とは思ってしまう。

「でしたら、私もお嬢様に感謝を伝えませんと。親愛も、忠誠も、何度でも」

「ふふ、ありがとうロレッタ。わたしも、できればずっと、このままがいいな」

微笑《ほほえ》んでくれる頼もしい専属侍女に、ジゼルも精一杯笑って応える。

ロレッタの顔も、いつもの端が滲んだ視界とは全然違う。優しさと凛々しさを併せ持つ誰よりも信頼できる彼女は、砂埃の舞う戦場でも鮮やかで、魅力的な女性だ。

澄み渡る広い青空も、崩れかけの石造りの砦の有様も、何もかもが鮮明で胸が弾む。

ジゼルが生きてきた世界は、本当はこんなにもきれいだったのだ。

「ジゼル嬢、あんたの体調が落ち着いていると、再びセオドアがこちらに駆け寄ってくる。肩の前と後ろを交互に踊るしっぽのような髪も、服越しでも伝わる鍛えられた体も。

何より、彼の浮かべた人好きのする温かな笑顔。それは、夏に咲くという大きな花のように、眩しくてキラキラと輝いて見える。

（セオドア様の笑顔も、初めて見たわ。いや、ぼんやりした視界で見た彼とは、全然違って当然なのだけど……笑っているほうが、ずっと素敵ね）

道中の彼はいつもピリピリしていたので、近付こうという気も起こらなかった。けれど、今の彼なら、老若男女《ろうにゃくなんにょ》問わず誰でも縁を持ちたいと思うはずだ。それぐらいには、ジゼルにも魅力的に見える。

「昨日は何もできなかったからさ。今日改めて、あんたの歓迎会をしようって話に……」

「……セオドア様は、とても素敵な方だったんですね」

「ぅえ!?　なんだよ、急に」

ジゼルが思ったことをそのまま口にすると、彼の体がびくっと跳ねて一歩後退した。こんなテンポのいいやりとりも、死にかけのジゼルでは決してできなかったことだ。

「すみません。わたしの視界って、いつも滲んだり、ぼやけたりしていたもので。鮮明に見えることで、改めて素敵さに気付けたなって」

「あー……そう、なのか。まあ、あの大砲があんたの体調改善に使えるなら、いつでも撃てるように出しとくよ」

「それは、さすがにお気持ちだけ、受け取ります」

せっかくの笑顔がまた歪んでしまったので、ジゼルのほうが明るい声を作って返す。

あの大砲は膨大《ぼうだい》な量の魔力を消費してくれるが、その分威力も桁違《けたちが》いに大きい。

骸獣と戦うなら喜んで協力するが、平時に無駄撃ちしていたら、この辺りの土地が穴だらけになってしまう。

「と、とにかく、今日は帰ろう。ほら、俺がまた運ぶから掴まってくれ」

セオドアは咳払《せきばら》いを一つこぼすと、気分を切り替えるようにサッと両手を広げて腰を落とした。彼の中では『ジゼルは抱いて運ぶもの』だと思われているらしい。

「わたし、自分で歩けます。いいえ、歩かせてください」

「お、そうか？」

だが、ジゼルは毅然《きぜん》と断る。熱がなく、普通に動ける体調など、次はいつあることか。

（せっかく魔力がなくなっているんだもの。わたしだって、一応貴族の令嬢だってことを示せるいい機会だわ）

表情を引き締めたジゼルに、セオドアだけでなくロレッタも見守るように一歩下がってくれる。彼ほどの速さで動くことは無理だが、ワイアット家の屋敷までは、兵たちやロレッタだって徒歩で行き来できる距離のはずだ。

（これでも、淑女の足運びはちゃんと学んでいるのよ）

実際に重い盛装を着て試せたことはないが、憧れゆえにその手の本はよく読んでいた。……今思えば、その学習時間を一般常識に回すべきだったかもしれないが。

（一歩ずつ、確実に）

右、左、とゆっくり足を動かす。自分の部屋以外で歩く機会などほとんどなかったので、起伏の多い砦の地面は感触も新鮮だ。

「ふふっ」

さくさくと足の裏から聞こえる音も楽しくて、歩いているだけなのに胸が弾んでしまう。

……そうして、五分ほど歩いただろうか。

「――悪いジゼル嬢、ここから先はうちの屋敷で練習してくれ」

「えっ⁉」

ジゼルの楽しい歩行訓練は、呆気なく中断されてしまった。いつの間にか背後に回ったセオドアが、またしてもジゼルを抱きかかえたからだ。

「な、何故ですか！　わたし、歩けます」

「危なっかしくて見てられ……あ、いや。こんな埃っぽいところより、最初は平らなところで歩いて足を慣らしたほうがいいだろ。な？」

抗議の声を上げるジゼルに対し、セオドアは苦笑を返すばかり。ならばとロレッタに援護を求めれば、彼女もまた何かを堪えるような表情で首を横にふった。

「駄目、なの……？」

「申し訳ございません、お嬢様。沢山歩かせて差し上げたいのは山々なのですが、今の歩行速度ですと、お屋敷に帰るまでに日が暮れてしまいます」

「あ……」

言われてみると、ジゼルが思っていたよりもロレッタとの距離が近い。歩いているつもりだったが、実際には全然前に進んでいなかったようだ。

「ご令息のご提案通り、最初は屋内の平らな道で練習してからにしましょう」

「……そうね、ごめんなさい。楽しくなってしまって、つい。いきなり外は、難しいわよね」

冷静になってみれば、行動の無謀《むぼう》さはすぐにわかる。人生の大半を大病人のようにすごし、筋力の衰えたジゼルが、いきなり屋外を動き回って平気なはずがないのだ。

しかも、ここは格上の他領である。せっかく熱が下がったのに、無理をして体調を崩したら本末転倒であるし、迷惑をかけてしまえば今度こそ実家の評判を下げかねない。

改めて二人に頭を下げると、近付いてきたロレッタが、ジゼルの頭を優しく撫《な》でてくれた。

「お嬢様の挑戦心はご立派ですよ。それに、具合がよくなってすぐは、気持ちも高揚しますから。はしゃぎたくなる気持ちもわかります」

「そうなの？」

「ええ。お嬢様は特に、ずっと熱が下がりませんでしたからね。それが突然快復すれば、踊り出したくなるようなお気持ちでしょう。ですが、ここは先ほどまで戦場だった危険な場所です。今はご厚意に甘えさせていただきましょう」

幼子を諭《さと》すような優しい言い方に、ジゼルもしっかりと首肯する。ほっと安堵《あんど》の息を吐いたロレッタは、母のような姉のような慈愛に満ちた微笑を浮かべた。

「ということですので、ご令息。安全に気をつけて、お願いいたします」

「お、おう」

かと思いきや、すぐに敏腕侍女の顔に戻ったロレッタは、いつものキリッとした様子でセオドアに向き直った。『お願い』と言っているが、口調は明らかに『指示』のそれだ。

彼女の態度を怒るでもなく普通に聞くセオドアは、結構お人よしである。

(馬車路の時も思ったけど、ロレッタこそ貴族として人を指揮する才能がありそうね)

「……じゃあ帰るか。お前らはひとまず、いつもの持ち場に戻ってくれ」

「はい！　若、お嬢、お気をつけて！」

そんなわけで、セオドアに運ばれる形でジゼルたちは先に屋敷に戻ることになった。

あの大立ち回りを終えてなお、ニコニコと見送ってくれる兵たちは、普段から相当鍛えているのだろう。疲れている様子は全く見られない。

「あれだけ戦って、まだ元気だなんて……すごい方たちですね」

「ああ、自慢の民だ」

思わず感心してしまうと、頭上からセオドアの嬉しそうな声が聞こえる。かくいう彼も山のような骸獣と戦った後なのに、人一人抱いて平然と歩いているのだから大したものだ。

「羨《うらや》ましい……」

「あんたもここにいてくれる間は、少しずつ体を動かして、慣らしていけばいい。ワイアットに来たことに利点が一つでもあったら、俺も嬉しいな」

ぽつりと落とした呟きにも、セオドアは明るく返してくれる。ということは、先ほどの話はその場しのぎではなかったようだ。

屋敷の住人の協力が得られるなら、歩行訓練もきっとやりやすくなる。

「そう、ですね。わたしも、頑張りたいと、思います」

ジゼルが視線を上げると、近すぎるほど傍にあったセオドアの顔が、柔らかく解《ほど》ける。

その表情は多分、小さな子どもに向けるものと同じなんだろうと察せられたが。

……それでも、ぼやけていない視界に映る彼は、とても眩しかった。

3章　戦地の人々は生き方がたくましいです

それから屋敷に戻《もど》ってきたジゼルは、ロレッタを中心にワイアット家の侍女たちの手を借りて砂などの汚れを落とすことになった。

常時発熱していたジゼルは、伯爵令嬢でありながら実は浴場を利用した経験が少ない。動けない時は濡《ぬ》れタオルで汗を拭《ぬぐ》うのみで、髪も自室で洗ってもらっていたのだ。

「わぁ……」

そんなわけで、案内された広い浴場に到着した時も、とても新鮮な気持ちだった。

部屋全体が大理石で作られた空間は格式高く、浴槽も大人が二人は入れそうなほど大きい。

一緒になっているシャワーも先端部が違うものが何本も用意されているので、気分に合わせて使い替えができそうだ。奥にはシャワーのみの個室も併設されているので、サッと汗を流すだけなら何人か一緒に済ませられるだろう。

(さすがは辺境伯家。要塞《ようさい》のような見た目でも、内装は素晴らしいわね)

「さ、お嬢様。こちらへどうぞ。せっかく具合がいいのですから、この機会にきっちりと肌も髪も磨かせていただきます」

「えっ？」

ジゼルと一緒に浴場見学をしているかと思ったロレッタは、何故か指を鳴らしながら準備を始めており、表情も気迫に満ちている。

手伝いに来てくれた侍女たちが用意している物も、整髪剤にしては明らかに数が多い。

「よそのお宅で長湯はできないわ。魔力も、またいつ、いっぱいになってしまうか……」

「ご心配には及びません。こちらのお屋敷でも、浴場にはさすがにマナ設備もタンクもありましたから。脱衣所の外には、先ほどの戦闘で使ったマナ武器も持ってきてあります」

（いつの間に）

改めて、ロレッタの敏腕《びんわん》ぶりに驚くばかりだ。魔力の消費手段がすぐ近くにあるのは、ジゼルとしてもとてもありがたい……のは確かだが。

「でも、やっぱり申し訳ないわ。サッと出ましょう」

「バークレイ様。当家には浴場がもう一室ありますので、問題ありません。主人からもゆっくりとお寛《くつろ》ぎいただくよう言付《ことづ》かっておりますので、何もお気になさらず、わたくしどもにお任せくださいませ」

「え、そう、なんですか……」

ロレッタ同様に、侍女たちの目も据わっている。多勢に無勢、ましてや体力のないジゼルでは、抵抗などできるはずもない状況のようだ。

「ええと、ではあの……すみません。お願い、します」

観念したジゼルが白旗を上げると、途端《とたん》に彼女たちは喜びの笑みを浮かべて『任せてくださ
い』と声を合わせた。

——これは後から聞いた話だが、ワイアット家には一人息子のセオドアしかいないため、年頃の女の子の世話をできるのが嬉《うれ》しくて仕方なかった……とのことだ。

かくして、隅々《すみずみ》まで磨かれること一時間強。

彼女たちから解放される頃には、ジゼルは色んな意味で生まれ変わった心地になっていた。

「お、女の子って、時間がかかるのね」

「何をおっしゃいますお嬢様。こんなの序の口ですよ」

すでにクタクタなジゼルとは逆に、ロレッタの表情は活《い》き活《い》きと輝いている。マッサージやら何やらと機敏《きびん》に動いていたのに、まだ体力があるらしい。

(やっぱりロレッタも、侍女らしい仕事ができたら嬉しいのね)

彼女の忠義に応えるためにも、できる限り今の健康な体を維持したいものだ。

「さてと。では、ちゃんとしたお支度《したく》はお部屋でしましょうね」

髪を整えたロレッタは、あらかじめ準備してあった車椅子へとジゼルの背中を押す。

ここでも歩けると伝えたのだが、湯浴《ゆあ》み後のローブ姿で出歩くのは『さすがにはしたない』

と全員に止められてしまった。

（いつもの寝間着ワンピースと、あまり変わらない気がするんだけど。……いえ、そもそも寝間着を見られるのは恥ずかしいことなのよね。反省しましょう）

うっかり感覚が麻痺《まひ》していたジゼルは、大人《おとな》しく彼女たちに従っておく。そういえば、用意してもらった客間をちゃんと見るのは初めてかもしれない。

昨日は生死の境を彷徨《さまよ》っていたので、部屋の内装など確認する余裕もなかったのだ。

「ロレッタ、わたしのお部屋は、どんなところ？」

「趣味の良い素敵なお部屋でしたよ。何かあってもすぐに対応できるよう、一階の奥にお借りしています」

（確かに、階段の上り下りをしてもらった記憶はないわね）

セオドアに抱かれて戦場へ行った際にも、彼はそのまま駆けていた。車椅子用の勾配《こうばい》などはほとんどの屋敷で備えていないだろうし、一階に部屋をもらえるのが一番助かる。

「こちらですよ」

ほどなくして、ロレッタが大きな扉の前で車椅子を止めた。無垢《むく》材の両開き扉は、客間というよりもっと厳《おごそ》かな印象を漂わせている。

「本当に、ここ？」

「はい。ワイアット家は、お嬢様に対して最上のもてなしをしたいとのことですから」

ロレッタが得意げに扉を開くと、目に飛び込んでくるのは予想以上に高級な景色だった。

繊細な模様が施された象牙色《ぞうげいろ》の壁紙に、一目で上質だとわかる家具の数々。

縦長の窓からの日当たりも良く、床には毛足の長い絨毯《じゅうたん》、壁には個室用の暖炉と室温を維持するための機能が揃《そろ》っている。

ジゼルの身長の四倍はありそうな天井も丁寧《ていねい》に木材が組まれており、中央にはガラス細工のシャンデリアが輝く。そして最奥《さいおう》には、今朝ジゼルが目覚めた深緑色の天蓋《てんがい》のついた大きなベッドが鎮座《ちんざ》していた。

「……まるで、お城ね」

お城に行ったことはないが、きっとこうだろうと思う全てがあった。要塞のような外観からは、とても想像ができない豪華さだ。

「私は隣にある専用の控室《ひかえしつ》をお借りしていますが、あちらも侍女用とは思えないほど素敵なお部屋でしたよ」

「それは何よりだわ」

使用人用控室が隣接している時点で、高貴な者にしか貸さない客間であることは間違いない。

一階といえば防犯面が不安視されるが、客間までの廊下を封鎖できる扉が二つ、さらに窓には任意で下ろせる格子《こうし》がついているので、その点も心配なさそうだ。さすがは戦闘に慣れた辺境伯家といったところか。

「昨日、倒れてしまったのは、もったいなかったわね」

「でしたら、今日からしっかり寛がせていただきましょう」

戸惑いながら部屋に入るジゼルに対して、車椅子を押しているロレッタはすでに慣れた様子だ。そのまま部屋の中央へジゼルを置くと、てきぱきと持ち込んだ荷物を開き始める。

(本当に、どちらが令嬢かわからない肝《きも》の据わり具合ね)

優秀な侍女にしみじみと感心する。

やがてロレッタは一着の衣装を両手に持つと、妙に楽しそうにジゼルのもとへ戻ってきた。

「ん？」

てっきりいつもの『すぐ横になれる寝間着ワンピース』だと思っていたら、彼女が手にしているのは見たことのない衣装だ。

鮮やかな碧色《あおいろ》の生地を中心に、襟元は白地でカメオブローチ付きのリボンタイが結ばれている。飾りボタンも形を主張しているし、ふくらはぎまでのスカートの裾端は刺繍《ししゅう》とレースで縁《ふち》取られていた。

何より、腰を締める美しいシルエットは、寝間着ではまずない。

これは正真正銘、貴族令嬢の普段着だ。

「可愛《かわい》いけど……どうしたの、これ。どなたのもの？」

「お嬢様のものですよ。着る機会こそありませんでしたが、旦那様も奥様も寝間着以外の衣装をちゃんと用意してくださっていたのです」

「……初めて、聞いたわ」

そっと手にとってみれば、ちゃんとした素材だとわかる。ジゼルがこれまでの人生で数えるほどしか着たことのない〝普通の服〟だ。

「今夜は、昨日できなかったお嬢様の歓迎会だとおっしゃっていたでしょう？　せっかくの祝いの席に、いつもの寝間着では相応《ふさわ》しくありませんから」

「それは……でも、大丈夫かしら」

手にした衣装とロレッタの顔を何度も見比べてから、ジゼルは俯《うつむ》く。

ジゼルとて、好きで常時寝間着だったわけではない。あらかじめ備えておかなければ余計に迷惑をかけてしまうから、やむを得ず寝間着で生活していたのだ。

(今は元気だけど、いつまた元の体調に戻ってしまうかわからないもの……)

「大丈夫ですよ、お嬢様。先ほどもお伝えしました通り、空になったマナ武器は随時お嬢様のもとに運んでもらうよう依頼してあります。それに、ご令息はお嬢様を抱いて運ぶことが何の負担にもならないようですから、最悪の場合は戦場まで運んでもらいましょう」

「でも……」

指先が衣装の上を滑ると、いつもの柔らかい寝間着とは違う感触がして、心が弾《はず》む。

――これを、着てみたいと思ってしまう。

「……いいの？」

「もちろんです」

ジゼルは小さく笑ってから、意を決して立ち上がる。

手にした衣装を広げてからロレッタに差し出せば、彼女は恭《うやうや》しくそれを受け取った。

「お嬢様っぽい支度を、お願いするわ」

「かしこまりました」

こんな当たり前のやりとりもジゼルには初めてで、なんだか胸がくすぐったかった。

＊＊＊

戦場から戻って数時間後。

ワイアット家の使用人から『準備が整いました』との報せ《しら》が届いたのは、日が間もなく沈み始めるぐらいの夕刻だった。

晩餐《ばんさん》にはだいぶ早いが、宴《うたげ》は長いほうが喜ばれるのであえて早めたのかもしれない。

「はい、すぐに、伺《うかが》います」

扉越しに返事をしたジゼルは、もう一度姿見に映る自分を確認する。

清楚《せいそ》な装いをまとい、長い髪を半分だけ後ろで結った姿は、予想以上に令嬢らしく仕上がっていた。

　顔にもほんのり化粧を施してもらったので、いつもより血色が良く見える。

「化けるものね……」

「化けるというほど飾ってませんよ。他のご令嬢は、この三倍は顔に塗っておりますし」

「恐ろしい世界だわ」

　ほんの少しいじるだけで死人めいた顔色のジゼルがまともに見えるのだから、三倍も塗っていたら顔立ちそのものが変わりそうだ。化粧の力は凄《すさ》まじい。

「しかし早かったですね。もっと色々試したかったのですが、それは次の機会にしましょう」

「お昼が軽かったから、ちょうどいいんじゃ、ないかしら」

　ジゼルたちが戻ってきたのは昼を少しすぎた頃だったが、昼食というちゃんとした食事の席はなく、軽食が客間に届けられただけだった。

　食が細いジゼルには充分な量でも、一般的には少し物足りないそれは、多分夕食が早いからの調整だったのだろう。

　最後に靴を確認して部屋を出ようとすると、すぐ後ろではロレッタが車椅子を広げて待機している。

「ロレッタ、少しぐらい、歩かせてくれても」

「食堂につくまでは、体力は温存しておくべきですよ」

ちょっと残念に思いつつも、大人しく車椅子を押してもらう。今のところ魔力は落ち着いているが、歩行訓練の機会はもう少し先のようだ。

「お嬢様、そんなに焦《あせ》らなくても大丈夫ですから」

「……わかってるわ」

健康な時に動いておきたい気持ちは消えないが、無理もできないので難しい。一番いいのは、この状態を維持できることだが……そこはまあ、セオドアとも要相談だ。

長い廊下をすぎ、最初に訪れたエントランスを抜けて、こちらも初めて訪れる食堂に到着する。閉じた大きな扉の向こうからは、賑《にぎ》やかな声が漏《も》れ聞こえていた。

「主役のお嬢様がいないのに、もう始まっているのですか？　兵士には酒飲みが多いと聞きますが、失礼な人たちですね、全く！」

「まあまあ」

ジゼルもこっそり同じことを思ってしまったが、彼女が代わりに怒ってくれたので口にはしないでおく。

気を取り直して扉を開けてもらうと、すぐさま中の人間の視線がジゼルに集中した。

(ひっ、な、なに？)

思わず身構えるジゼルに対し、一拍静かになった食堂は、次の瞬間床を揺らすような大きな歓声に包まれる。

「きゃっ!?」

いきなりのことに、今度は悲鳴が声になってしまう。途端に後ろにいたロレッタがサッと前に立ってくれたが、明るい歓声はなおも大きくなるばかりだ。

「ジゼル嬢、いらっしゃい」

ロレッタの向こうからは、すでに聞き慣れた男性の声が近付いてくる。が、ジゼルが隠されたことに気付くと、慌《あわ》てた様子で足を速めた。

「あんた、大丈夫なのか？　また具合が悪いのか？」

「元気ですよ、セオドア様」

こちらを本気で案ずる声に、ジゼルもロレッタの後ろから顔を見せる。セオドアも帰ってきてから着替えたのだろう。軍装は全く汚れのない新しいものに替わっていた。

「でも車椅子で来たってことは、やっぱり具合が悪くなったんじゃないのか？　俺にできることがあるなら、遠慮なく言ってくれ」

「これは、歩くのが遅いからです。体調は、問題ありません」

ジゼルが証明するように立ち上がると、セオドアはようやくホッとしたように表情をゆるめた。戦場で諸々《もろもろ》聞かせてしまったせいか、彼は気を遣いすぎている。

「……気にしていただかなくても、大丈夫、ですよ」

「そうはいかないだろ。うちは殺しても死なないような丈夫なやつらしかいないから、感覚が麻痺してるんだ。ちょっとでも気分が悪くなったら、遠慮せずにすぐ言ってくれ」

「は、はあ」

周囲からも「それじゃゾンビですよ」と茶化す声が聞こえるが、セオドアは真面目《まじめ》に言っているようだ。心優しいのはもちろん長所だが、今の彼を見ていると悪い人に騙《だま》されそうで、逆に心配になってしまう。

(道中はわたしに対しても苛立《いらだ》っていたのに。よほど領地のことが心配だったのね)

それはつまり、焦っていただけでジゼル個人に対しては悪感情を持っていないということなので、ありがたくもある。

「さ、お手をどうぞ。先に母を紹介するな」

そう言って差し出された手を、ジゼルも素直に受け取る。横に避《よ》けたロレッタは無言で一礼すると、すぐにジゼルの一歩後ろについてくれた。

(そういえば、ご当主夫妻にお会いするのは初めてね)

バークレイ家に迎えに来たのも、戦場で骸獣《がいじゅう》と戦ったのも、動いていたのは息子のセオドアだ。てっきり不在なのかと思っていたが、ちゃんと屋敷にいたらしい。

(でも、お母様だけってことは……)

「もしかして、お父君は、お体の具合が？」

失礼を承知で訊《たず》ねると、セオドアはわずかに眉を下げてみせる。ということは、ジゼルは当主が療養しているところにやってきてしまったことになる。

(わたしの意思で来たわけではないけれど、これは問題ないのかしら)

「でも、病気とかそういうんじゃないから、気にしないでくれ。いくつか骨を折って、入院してるだけだから」

「え!? それは、大丈夫じゃない気が、するんですが……」

「はは、やんちゃな男ならよくあることだぞ。うちはこういう領だからなおさらな」

(笑い話なの!?)

改めて、辺境伯領の人々の暮らしに驚いてしまう。ちなみに弟のフィルはもちろん、バークレイ家の使用人たちにもよく骨折をしていた者など一人もいない。

「まあ、そのせいで俺と母が代理で動くことになってな。もともと戦場で指揮はとってたが、いっそう余裕のない状況に陥《おちい》って、焦ったままあんたを迎えに行ったんだ。ずっと態度が悪くて、本当に悪かったと思ってる」

「それは、仕方ないですよ。ご当主のことも、心配ですし」

「……ありがとな」

「あなたが、ジゼル・バークレイさん？」

そんな風に二人で話していると、目的のテーブルについたようだ。

ひときわ上質なクロスを敷いているものの、思ったよりも小さい四人がけの席。そこには一人の女性が座っていた。

(この方が、辺境伯夫人？)

ゆっくりと立ち上がる彼女に釣られて、ジゼルも慌てて礼の姿勢《しせい》をとる。

落ち着いた藍色《あいいろ》のドレスをまとう女主人は、キリッとした凛々《りり》しい印象の美女だった。

「どうか顔を上げてちょうだい。お会いできて光栄だわ、ジゼルさん」

「ご挨拶《あいさつ》が、遅くなってしまい、失礼いたしました」

そっと頭を戻すと、セオドアによく似た顔にも笑みが浮かぶ。

ジゼルの母は花のような柔らかい印象の人だったので、どちらかというと雰囲気はロレッタのほうが似ているかもしれない。

一つに結い上げた小麦色の髪も息子とお揃いで、全体的にセオドアは母似のようだ。

「こんな辺境まで来てくれて、本当にありがとう。どうぞ、座ってちょうだい。後ろのあなたも、今夜はゆっくり楽しんでくれると嬉しいわ」

「は、しかし……」

夫人に視線を向けられたロレッタは、困ったようにジゼルを見つめてくる。彼女はバークレイ家から連れてきた侍女なので、夫人の命令に従う理由はないのだが……。

「今日は兵たちの戦勝会も兼ねているから、ね？」

（ああ、なるほど！　それでわたしたちよりも先に飲食をしていたのね）

ちらりと周囲に視線を向けると、彼らは今も楽しそうに酒を飲んでいる。かしこまった様子はもちろん見られない。

また、この席には椅子が用意されているが、兵たちが集まるテーブルはほとんどが立食形式で好きに取って食べられるようになっている。

いわゆる、無礼講というやつだ。

「ロレッタ、ここはご厚意に甘えましょう。わたしは大丈夫だから、ゆっくり、好きなものを食べてきて」

「お嬢様……かしこまりました。何かあったら、すぐに駆けつけますので」

ロレッタはしばし躊躇《ためら》っていたが、やがて深く頭を下げると、お仕着せ姿の使用人の集まりのほうへ向かっていった。料理も飲み物もふんだんに用意されているようだし、きっと彼女も問題なくすごせるだろう。

「大事な侍女を引き離してしまってごめんなさいね。あの子、あなたについて昨日から寝食を疎《おろそ》かにしていると聞いたものだから。ついお節介をしてしまったわ」

「え……」

ジゼルが向き直ると、夫人がにこりと微笑《ほほえ》む。

確かに、昨夜ジゼルは生死の境を彷徨っていたが、ベッドに寝かせてもらっていた。

では、ロレッタは？　起きた時にすぐ近くに控えていた彼女は、果たして横になって眠る暇《ひま》などあったのか。食事をとる時間はあったのか。

「……お心遣いに、本当に、感謝します」

夫人の優しさに気付いたジゼルは、テーブルに額《ひたい》をつけるように頭を下げる。

急に倒れたジゼルだけでなく、こちらの侍女まで気遣ってくれる人が貴族社会にいたことに、心から感謝したい。

「お礼は不要よ。元はと言えば、我が領に無理を押して来させてしまったことが原因だもの。むしろ、こちらが謝罪をするべきだわ」

「そんな、ことは……っ」

ジゼルがバッと頭を起こすと、夫人の細い指先がジゼルの髪を優しく撫《な》でた。

「うちの子たちには、あなたの侍女に美味《おい》しいものを沢山《たくさん》食べてもらうようお願いしてあるわ。だからあなたも、お腹《なか》いっぱい食べていってね」

「は、はい……」

決して強い言い方ではないのに、気圧《けお》されるような空気に負けたジゼルは、反射的に頷《うなず》く。

それを見届けた夫人は満足げに笑うと、「しっかりやるのよ」とセオドアに言付けて、テーブルから去っていってしまった。

「……え？　あの、ご夫人は？　ここで、一緒に食べるのでは……」

「あ、悪い。母上は今、領主代行の仕事がちょっと忙しくてな。あんたの顔を見て挨拶したいって、抜けて来てたんだよ」

(わざわざそのために⁉)

さらに予想外のことを当たり前のように告げられて、驚きで目玉が転げ落ちそうになった。

宴に出る時間を惜しむほど多忙な中、わざわざジゼルとロレッタに会うためだけに出てきてくれるなんて。お世辞ではなく尊敬できる立ち回りだ。

(なんて素敵な方……貴族の世界では、足を引っ張り合うことも多いと聞くのに。夫人は尊敬できる素晴らしい女性だわ)

貴族夫人といえば、第一に求められるのは美しさと気品だと聞くが、ジゼルはそれよりも〝人を想い、動かせる気質〟に憧れている。その点でいうと、辺境伯夫人はまさに理想だ。

(こんなに素敵な出会いがあるなんて……やっぱり、辺境伯領へ来てよかった!)

「えっと、母上との席はまた改めて用意させてもらうから、今夜は許してくれ」

「……あ、いえ、お気遣いなく」

紅潮する頬もそのままに彼女の後ろ姿を見つめていると、セオドアから苦笑めいた声が聞こえてくる。本音を言えば、ぜひまた話せる機会をもらいたいところだが、さすがに昨日の今日で要望を出すのは失礼だ。

「お忙しい辺境伯夫人に、ご迷惑はかけられません」

「母も女の子と話せる席があれば喜ぶと思うけどな。代わりにもならないが、俺が責任をもって相手をさせてもらうよ。さ、飯にしよう。食べたい料理があったら俺がとってくるから、いつでも使ってくれよ?」

恐縮するジゼルに笑って返したセオドアは、手近な椅子にジゼルを座らせると、すぐ近くに腰を下ろした。

と同時に、テーブルに続々と料理が運ばれてくる。恐らく、ちょうどよく提供できるように準備していたのだろう。どの皿も皆、ほかほかと湯気を立てており、でき立てなのが一目でわかる。

基本的には立食側のテーブルと同じ品目だが、こちらはジゼルが食べやすいようにか、肉などが一口大に切り分けられていた。

「これは……至れり尽くせりで、申し訳ないです」

「おいおい、こんな当たり前のことにかしこまるなよ。俺たちはあんたにもっとすごいことを沢山してもらったんだ。あの大型骸獣だって、あんたのおかげで倒せたしな。むしろ、ちゃんとした夜会を用意できなくて、こっちが心苦しいぐらいだ」

「そうだぜ、お嬢! 今日の勝利の功労者は、満場一致でお嬢だ!!」

慰《なぐさ》めるセオドアの声に、厳《いか》つい男性の声が同意してくる。

出どころに顔を向ければ、初日に会った眼帯の男の他、赤ら顔の兵たちがわらわらと集まってジゼルにエールの入ったジョッキを掲げていた。

「え、えっと？」

「乾杯だよ乾杯！　もしかして、お嬢はこういうのやったことないか？」

「やめろお前ら！　深窓《しんそう》の令嬢に、酒場のやり方を押し付けるんじゃねえよ」

困惑するジゼルに眼帯の男が一歩近付いた途端、セオドアの拳骨《げんこつ》が彼の頭に落ちる。結構いい音がしたが、周囲の兵たちは楽しそうに笑うばかりだ。

（乾杯は一応知ってるけど、もっと形式ばったものだったわよね？）

わずかな記憶を遡《さかのぼ》れば、祝いの席でやっていた覚えがある。

けれどそれは、家長の挨拶と合図の後にグラスをわずかに持ち上げるだけのものであり、食前の祈りとも似た厳かな作法だった。

今彼らがやっているように、腕を伸ばして堂々と飲み物を掲げるやり方は初めてだ。

（でも多分、これが辺境伯領の作法なのよね）

ジゼルはテーブルを確認し、自分に用意されたジュースの入ったグラスを持ち上げる。落としそうだったので両手で持って、ぐっと前に突き出せば、また周囲からわっと声が上がった。

「ジゼル嬢、こいつらの言うことは無視していいぞ？」

「せっかく、ですから。何事も、やってみませんと」

「そうか？　じゃあ……」

心配そうな目を向けてきたセオドアも、ジゼルが乗り気だと察すると、同じように手元のグラスをさっと掲げる。天井の明かりに照らされた琥珀色《こはくいろ》が、烽火《ほうか》のように煌《きら》めいた。

「それじゃあ、バークレイの宝との出会いと、本日の快勝を祝して。乾杯！」

『乾杯!!』

セオドアの雄々しい声が食堂中に響くと、あちこちからガチャンとジョッキをぶつける荒々しい音が聞こえてくる。

さすがに薄いガラス製のグラスでは真似できそうにないが、泡と共に弾《はじ》ける彼らの笑顔は、誰も彼もとても楽しそうだ。

「ああもう、本当にすまん。もうちょっと大人しくさせておく予定だったんだが」

「わたし、こういう席に、ちゃんと出られるのが、初めてで。新鮮、です」

「そっかー……初めてがこんなむさ苦しい飲み会っていうのも、なおさら申し訳ないなあ」

セオドアは呻《うめ》くように答えるが、口元がしっかり笑っている。彼もまた、賑やかな民の姿を喜ばしく思っている証拠だ。

（まあ、貴族の宴っていう感じはしないけど。でも、楽しんでいるのは伝わってくるわ）

むしろ、盛装を前提とした華やかな世界とは真逆だが、これはこれで悪くない。

何より、今日はジゼルが〝参加者〟として同じ場にいるのだ。

普段は眺《なが》めるだけだった光景に席をもらっていられるのだから、もうそれだけで楽しくないわけがない。

「また、元気に、宴に出られたら、いいな」

「いつでも出られるだろ。助けられた分は、いくらでも協力するぜ。俺もこいつらもな」

ぼんやりと呟《つぶや》いたジゼルに、セオドアからまっすぐな声が返る。

……そうなれたらいい。魔力や熱に煩《わずら》わされることなく、生活できるようになれたら。

「じゃあ、期待してます」

「任せろ」

賑やかな喧噪《けんそう》の中でも、確かに届いた答えに、胸が温かくなる。

照れ隠しに口に運んだお肉は、重い食事が苦手なジゼルの味覚では信じられないほど美味しくて、期待と幸福の味がした。

＊＊＊

宴から一夜明けた翌朝。日が昇って間もない早朝も早朝の時刻に、ジゼルはいつも通りロレッタの訪問で目覚めを迎えた。

「おはようございます、お嬢様。ご無事ですか？」

扉越しに聞こえるノックと、こちらを気遣う声。ただし、今朝のジゼルはいつもとは違う。

「おはようロレッタ。ばっちり、元気よ」

彼女に返したのは、弱弱しい息遣いでも呻き声でもない。ジゼルは自らの足でベッドを出て扉まで向かい、ロレッタを笑顔で出迎えたのだ。

こんな朝は、ロレッタに侍女になってもらって以降、初めてである。

「まさか、お嬢様がこんなに元気に朝を迎えられる日がくるなんて……！」

「わっ、泣かないで。いつも、本当にごめんなさいね」

感極まった様子の彼女を、慌てて室内へ招く。

バークレイ家にいた時ですら、眠る時は常にタンクの補充管を握っており、万が一の事態に備えて使用人の中には不寝番《ねずばん》を務める者もいた。

熱があるせいでいつでも眠りは浅く、よく眠れたと思う時は気絶していただけという綱渡りのような生き方だったのだ。

それでも、生きて朝を迎えられるだけで幸せだと思っていたが、まさか己がぐっすりと眠り、スッキリと目覚められる日がくるとは、本当に驚きである。

(どれだけとんでもない量の魔力を蓄えていたのか、考えたくもないわね。それをゼロになるまで使い切ったあの大砲もすごいけれど)

国中で必要とされる魔力によって平穏な人生が阻害されるなんて、改めて困った病だ。

「念のため、屋敷内の空タンクを預かってきましたが、大丈夫ですか？」

「ありがとう。ぜひ、補充させてもらうわ」

「昨夜の宴のこともあって、いつもより消費量も多いみたいです。今お持ちしますね」

ロレッタは涙を拭いながら一度廊下へ戻り、大型のタンクが載ったワゴンを押して戻ってきた。車輪の音がほとんど聞こえなかったので、操作技術の高さはさすがである。

「宴といえば、ロレッタは大丈夫？　お酒を飲むと、二日酔いとか、大変だと聞いたけど」

「問題ないですよ。あの程度の酒が翌日に残るほど、弱くはありません」

（あれで〝あの程度〟なんだ……）

昨夜は夫人の厚意に甘える形で、ジゼルもロレッタもいつになく沢山の夕食をとっているのだが、ロレッタはさらに飲酒も大量にしていたのだ。

その飲みっぷりは盛り上がる兵たちにも負けないほどで、途中から彼ら彼女らが勝負を持ちかけてきたのだが……ロレッタは全てを返り討ちにしている。

夜も更《ふ》けてジゼルと共に退席する際には、空いたジョッキと瓶《びん》の山に交じって、酔い潰《つぶ》れた多くの者が床に転がっていた。

酒が飲めないジゼルにはわからないが、昨夜のように大量に飲むと気分が悪くなったり、翌朝まで体調不良が残ると聞いたことはある。

しかし、まっすぐに立つロレッタは顔色も良く、特に不調はなさそうだ。

「ロレッタは、お酒、強いのね」

「どうでしょう、あまり考えたことはありませんが。私はお嬢様のお傍《そば》に仕《つか》えることが最優先ですから、食事も睡眠もとれる時にサッととって、後に響かせないよう鍛えております」

(なにその重い忠誠心!?　体はちゃんと大事にしてよ……)

せっかく夫人が気を遣ってくれたのに、本人がそれを疎かに考えていてはどうしようもない。専属として傍にいてくれることはありがたいが、もう少し自身を大事にしてほしいものだ。

「私にとっては、お嬢様にお仕えすることが至上の喜びですから」

「そのせいで、ロレッタがいなくなってしまったら、悲しいわ。一人で、無理はしないで」

昨日手伝ってもらったワイアット家の侍女たちにも、ロレッタを手伝うことは承諾《しょうだく》してもらっている。専属だからと全てを一人で抱え込むのは控えてもらいたい。

「……わかりました」

恭しく頷いたロレッタに安堵《あんど》してから、持ってきてもらったタンクに補充を始める。

といっても、この程度の量なら呼吸をするよりも容易《たやす》いことだ。

(昨日も寝る前にマナ武器を補充したっきりだものね。今はまだ大丈夫だけど、そろそろ次を考えないと危ういかしら)

ワイアット家は、バークレイ家のように魔力を過剰《かじょう》に使う家具類を置いていない。

失敗作の馬車を乗り回せば多少は消費できるが、実家から来てくれた四人の御者たちには、もう一台の馬車と共にすでに帰ってもらっている。

そうなると、馬車を動かせる人間をセオドアに頼まなければならないので、できれば馬車は使わずに健康を維持したいところだ。

「ロレッタ、特注タンクは、送ってもらえそう？」

「はい。私どもが出発した後に、別便を手配してくださったはずですよ。予定では、明日には辺境伯領に到着すると思います」

「よかった。それなら、今日一日もてば、何とかなりそう」

本当に危うくなったら、例の大砲を撃たせてもらえば確実にもつ。今日一日、なんとか無事に生き延びられるよう、気を引き締めて臨《のぞ》もう。

「また、大型骸獣が出れば……は、失礼よね」

「もともとお嬢様はそのために招かれたのですから、構わないでしょう。骸獣の討伐が、ワイアット領の皆にとっても利点であればもっとよいのですが」

……そう話していたジゼルたちの考えが、天に届いたのか。

「ジゼル嬢、今構わないか？」

「え？」

突然響いたノックと低い声に、ロレッタと揃って扉をふり返る。今のは間違いなく、セオドアの声だ。

「こんな早朝に令嬢の客間を訪れるなんて、失礼な」

「まあまあ。緊急の用事、かもしれないわ」

普通の令嬢相手なら失礼な時間だが、ジゼルは辺境伯領の危機を救うために派遣された助《すけ》っ人《と》だ。それに、恥ずかしいが彼には寝間着姿も散々見られているので、今更《いまさら》である。

「おはようございます。何か、ありましたか？」

「ああ、よかった！　今朝は元気そうだな」

ロレッタを宥《なだ》めて二人で扉を開くと、顔を見せたセオドアはパッと笑みを浮かべた。

その手に、大きな木箱を持って。

「マナ武器、ですか？　また、こんなに沢山……？」

「昨日みたいな事態になったらマズいと思って、夜の間も使いまくってたんだよ。けど、無事でよかった」

一目でわかるほど安堵した様子のセオドアは、重い音を立てながら木箱を床に下ろした。使いまくってた、なんて軽い表現をするということは、夜間に襲撃があったわけではないようだ。

（昨夜の宴では、セオドア様も遅くまでみんなに付き合っていたはずだけど）

その後でジゼルのために空のマナ武器を作ってくれていたのなら、ありがたいし申し訳ない。

こんな早朝に部屋を訪れたのも、昨日のようにジゼルが死にかけているかもしれないと心配し、急いだからだろう。

「消費先は、いくらあっても、ありがたいです」

「こっちも助かるよ。魔力的に余裕がある時によろしくな。それで、実は今日も頼みたいことがあるんだが、予定はどうなってる？」

「わたしは、特に何も」

そもそも、基本体調が死にかけだったジゼルに、予定なんてものはない。マナ武器の補充が主目的の滞在である今は、セオドアの用件が全てだ。

「助かる！　じゃあ支度が済んだら教えてくれるか？　誰かしらエントランスで待機させとくから、声をかけてくれ。朝食はこっちに運んじまったから、また後でな」

「え、あ、はい」

セオドアは嬉しそうに用件を伝えると、そのまま去っていった。

廊下には朝食らしきプレートが載ったワゴンが残されているので、今朝も一人で動いていたらしい。

「ご令息はいつも慌《あわ》ただしいですね。散歩に出た犬みたいです」

「そ、それはさすがに、失礼じゃないかしら」

まあ確かに、貴族の令息らしい落ち着きは彼にはなさそうだが、要塞のような屋敷で『若』と呼ばれる人生では、それもいたし方ない話だ。多分。

（とにかく、今日も骸獣がらみで動けるみたいでよかった。魔力の消費には困らないわ）

「せっかく持ってきて、いただいたし、朝食にしましょう。ロレッタ、後で支度を、お願い」

「かしこまりました、お任せください」

廊下からワゴンを引き入れると、揃って笑い合う。もちろん、置いていかれたマナ武器への補充も忘れない。

（さあ今日も、死なないように頑張りましょう！）


かくして、美味しい朝食を済ませたジゼルたちは、ワゴンを押しながら客間を出た。

バークレイ家にいた頃は常人の半分も食事がとれなかったが、熱の下がった今は常人の三分の二ぐらいまで食べられるようになっている。

このまま健康を維持できれば、そう遠くない内に一人前を平らげられるようになれそうだ。小さくて細い子どものような体も、少しは成長できるだろう。

（それに、寝間着じゃない装いは身が引き締まるわ）

今日ロレッタが着せてくれたのは、白いブラウスに藍色のリボンタイ、同色のふくらはぎまでのスカートだ。靴は底がしっかりとした革のブーツを合わせている。

令嬢の装いというには質素だが、普段寝間着しか着ていなかったジゼルからすれば、充分〝よそ行き〟の気分になれる服だ。

特にブーツなんてほとんど履いたことがないので、新鮮な感触だった。

「本当はもっと色々着飾りたいところですけれど、ご令息のお誘いならまた戦場かもしれませんからね。動きやすさを重視しました」

「充分よ。やっとまともな服が着られて、嬉しい」

それに、あまりひらひらしたきれいな格好をして、邪魔になってしまうのは避けたい。

寝間着以外の服装にまだ慣れていないのはもちろん、ジゼルは運動神経も極めて悪いので、足手まといになってしまう可能性が高いのだ。

その辺りも考えると、目的に合った装いを選んだロレッタは、やはり優秀な侍女である。

「それに、髪型。今日は、ロレッタとお揃いだわ」

「まあ」

頭を触れれば、もこもことした編み込みの形がわかる。ジゼルの長い髪がひっかかっては危ないからと、今日は髪を全て結い上げてもらったのだ。

すぐに横になる必要のあった体調では、決してできなかった髪型でもある。

「喜んでいただけて光栄ですが、無理はなさらないでくださいね。髪結いはいつでもできますから、辛《つら》くなったらすぐに横になってください」

「ありがとう。でも、できれば今日は、このままでいたいな」

にこにこと笑い合いながら、二人で長い廊下を行く。

健康を維持できるなら、ジゼルは試してみたい装いが沢山ある。最終目標は、当然夜会に出るための煌《きら》びやかな盛装だ。

（これまで、貴族としてはありえないような姿だったもの。贅沢《ぜいたく》をしたいわけではないけど、伯爵家を名乗る一員として、やっぱり身だしなみは整えていきたいわ！）

もちろん、皆に迷惑をかけないことを大前提とした目標ではあるが……それでもずっと、ジゼルの憧れだったのだ。

上品な装いで、背筋を伸ばして、一人で歩く。そんな、『令嬢』として相応しい姿が。

夢に一歩近付けた今、実は楽しくて仕方がない。口角も上がりっぱなしなので、実家の家族たちが見たらとても驚きそうだ。

（まあ、令嬢や淑女と呼んでもらうには、まだまだ足りないけどね）

今朝は車椅子ではなくジゼル本人の足で歩かせてもらっているのだが、自分でも情けなくなるほど歩調はゆっくりだ。気遣って合わせてくれているロレッタにも申し訳ない。

（でも、挑戦しないと何も変わらないものね。少しずつ練習していこう。……いつか、この健康が当たり前になって、一人で何でもできる伯爵令嬢になるために）

――そうして二人で歩くこと、しばらく。

ようやく約束していたエントランスに到着すると、ちょうど兵たちに指示を出すセオドアが待ち構えていた。

「お、ちょうどいい時に来たな！」

ジゼルたちを見つけた途端に、セオドアの背で小麦色のしっぽが躍《おど》る。

直前までは指揮官らしいキリッとした表情をしていたのだが、少々待たせすぎてしまったのかもしれない。

「遅くなって、すみません」

「いや、問題ないぞ。向こうも準備が終わったらしいから、すぐにでも行こう」

「向こう？　あの、どちらに？」

ジゼルが当たり前の質問をする間にもセオドアはずかずかとこちらに近付いてきて、何の躊躇いもなくジゼルの体を抱き上げた。

こう何度もやられれば慣れてはくるものの、今の流れで抱き上げる心境はよくわからない。

「ええと、遠いのですか？」

「昨日行った戦場のすぐ近くだよ。じゃあ侍女さん、ジゼル嬢借りてくな！」

「は？　ちょっと、お嬢様に何を……!?」

言うが早いか、セオドアはニコニコ笑いながら走り出した。昨日もそうだったが、とても人一人抱いているとは思えない軽やかな走りだ。

「えっ、ロレッタ……！」

「ああもう、猪《いのしし》ですか!?　お嬢様、すぐに追いかけますから！」

置いていかれたロレッタの姿も、あっという間に見えなくなってしまう。下手《へた》に暴れたらふり落とされそうなので、ジゼルは大人しく彼の首と肩に腕を回した。

「そ、そんなに急ぐ事態、なんですか？」

「ん？　いや、襲撃じゃないぞ。けど、みんな早く動きたくてウズウズしてる感じだ」

（答えになっていないわ！）

骸獣の襲撃でないなら、少なくとも命の危険はなさそうだ。

緊急性がなく、かつジゼルの魔力が必要な事態なんて思いつかないが、この速度なら目的地にもすぐだろう。

（緊急じゃないのに、わたしを持っていく意図はわからないけど）

セオドアは大股《おおまた》で通路を駆け抜けて、防壁をくぐり、昨日ぶりの古びた砦《とりで》へ向かっていく。

しかし、昨日はまっすぐ進んだ道を無視すると、階段を下へとおり始めた。

（ここの下は、手つかずの森だったはずよね）

砦付近は大丈夫だが、奥の噴出地帯は危険だから近付けないと、昨日聞いたばかりだ。

だとしたら、何故《なぜ》今その森のほうへ向かっているのか。

「お待たせジゼル嬢。ついたぜ」

「……ここ、ですか？」

そうして砦を完全に下り切ったところで、セオドアはようやく足を止めた。

眼前に広がるのは人の手が入っていない大自然と、木々の上に無数に転がる巨大な岩の塊《かたまり》だ。重さに負けた幹が多数折れているので、塊が上から落ちてきたのは間違いない。

(どこかが崩落したの？　なんだか、大変なことになっているわね)

さらには、その塊の前で待ち構える男たちが目に飛び込んでくる。

誰も彼も筋骨隆々《きんこつりゅうりゅう》で、襟のないシャツに丈夫な素材の作業服を着用している。鍛えられた二の腕は太く、ジゼルの顔ぐらいはありそうだ。

(兵士にしては軽装だけど、どなたかしら？)

ついていけない状況に目を瞬《またた》くジゼルに対し、男たちもこちらを見て、ひどく驚いた顔をしている。セオドアが連れて来ているのだから、説明はしていると思うのだが……。

「若、本当にこのお嬢さんに手伝ってもらうんですか？　まだ幼い子どもじゃないか」

(あ、そっちね)

先頭に立つ男が訝《いぶか》しげに訊ねた言葉に、ジゼルは自分が驚かれた理由を察した。

発育が悪く、かつセオドアに横抱きされて現れれば、それは子どもだと思ってしまうだろう。

彼らの立派な体躯《たいく》と比べれば、なおさらだ。

「お前ら、あんまり失礼な口きくんじゃねえよ。バークレイ伯爵家のご令嬢は、我が領の救世主だぞ！」

(救世主は言いすぎだわ！)

対したセオドアは、ジゼルを掲げるように見せつけて、堂々としている。……まず降ろしてほしいと思うのは、ジゼルがおかしいのだろうか。

「……あの、わたし、十六歳です。成人してますので、大丈夫です」

「えっそうなのか!?　こりゃあ失礼した！」

ひとまずジゼル本人が弁解すると、彼らはぞろぞろと不揃いに頭を下げた。やはり、訓練された兵士ではないようだ。

(だとしたら、何かの職人さんかしら？　マナ武器に補充するわけではなさそうだけど)

「あの、セオドア様……」

「ああ、悪かったな。ジゼル嬢にお願いしたい仕事は、こっちだ」

急《せ》かすつもりで名前を呼べば、セオドアはそれだけで察してくれたのか、慌てて大岩の前にジゼルを連れていく。――そこに鎮座するのは、酒樽《さかだる》ほどの大きなタンクだ。

背面からは補充用の太い管が一本伸びているが、その反対側にも、別の管が三本何かに繋《つな》がっている。

(うちの特注タンクよりは小さいけれど、この大きさも市販されていないわね。どんなマナ設備の動力なのかしら？)

三本の管のほうを視線で辿《たど》ると、左右に取っ手のついた箱にそれぞれが繋がっている。箱といっても金属製らしきしっかりした造りで、人の頭ぐらいの大きさだ。

その箱に、細長い楕円《だえん》のような形の金属刃が差し込んである。箱の三倍ほどの長さがあり、見た目からの予想としては変わった形の両手剣だ。

(でも、ただの刃物ではないみたいね。先端が丸く加工されているもの)

その上、刃の周囲にはぐるりと鎖のようなものが巻き付いている。これでは切れ味が落ちてしまうし、変な形の鞘《さや》でもなさそうだ。

「これは、武器ですか？　変わった形……」

「鎖鋸《くさりのこ》だよ、見たことないか？　分類は武器というより工具だな」

(じゃあ、マナ工具？)

なるほど、工具ならジゼルが見知らぬ形なのも得心が行く。

そして、ここで出てきたということは、恐らくこの岩の塊を片付けるために必要なのだ。

(どうやって動くのかしら。それに……これ、マナ武器の刃と素材が同じだわ)

よく見ると、丸い刃の鈍色《にびいろ》に青が混じっている。セオドアも骸獣の体以外では傷もつかない頑丈な素材だと言っていたので、硬い岩の塊をどうにかするにはうってつけだ。

「……ん？」

そこでふと気付く。ジゼルが今いる森は、砦の下に広がる場所だ。

――ここは昨日、皆で倒した大型骸獣が崩れ落ちた場所でもある、と。

「もしかして、この岩の塊……昨日の骸獣の〝死体〟ですか？」

「よくわかったな！　死体というより残骸が正しいけどな」

ジゼルの予想に、セオドアはにいっと口角を上げた。それなら、マナ武器と同じ素材の工具を用意しているのも納得だ。その素材でなければ、きっと歯が立たないのだから。

(マナ武器はタンクから補充ができなかったけど、工具はできるのね)

マナ武器は動き回る骸獣と戦うため、管を繋いだままでは戦いにくいのだろう。

それに、他の装置と比べてタンクに繋がる動力管がずいぶん太い。普通のマナ設備とは構造も多少違うように見える。察するに、相当な魔力を使わないと動かないはずだ。

(タンクを使えても、燃費はかなり悪そうね)

「よし、じゃあ早速始めるぞ！　ジゼル嬢は補充を頼む」

「あ、はい」

ジゼルが補充管を握ると同時に、反対側の工具を三人の男たちが持つ。どっしりと構える様子は、ずいぶんと様になっていた。

(さあ、お仕事よ。補充開始、と)

ジゼルが魔力を込めた瞬間、三人の手元から唸《うな》るような轟音《ごうおん》が鳴り始める。

(な、何、このすごい音!?)

驚きつつも彼らを見れば、刃に巻かれていた鎖がギュンギュンと勢いよく回っている。下手な武器よりも、よほど凶悪な見た目だ。

(あの恐ろしい動きは何!?　本当に工具なの!?)

「おお、こりゃすげえ！」

慄《おのの》くジゼルとは対照的に、構えていた三人からは、歓声が上がった。

さらに、刃が水をまとい始め、輝きながら激しく回転する。美しいことは美しいが、凶暴性のほうがはるかに勝《まさ》る光景だ。『工具』というからまだ見ていられるが、もし人に向けたら、それだけで戦意喪失することは間違いない。

「よっしゃ、いくぜえ!!」

先頭の男が工具を大きくふりかざし、骸獣だった岩に向けて刃を押しあてる。

「きゃあっ!?」

途端に彼の手元からギャリギャリとけたたましい音が響き渡る。接触面からは激しい火花が飛び散り、眩《まぶ》しいぐらいだ。

（お、音がすごくて……耳が痛い）

しかし、ここでジゼルが補充管を離すわけにはいかない。あのとんでもない工具は、ジゼルの魔力で動いているのだから。

（うう、我慢……我慢！）

……そうして、耐えること数分。実際よりもずいぶん長く感じた戦いの果てに、ゴトンと重たい音が落ちた。

工具の刃が、塊の一角を切り落としたのだ。

「やったぜ！」

快哉《かいさい》と同時に静けさを取り戻した世界に、まっすぐな断面が姿を見せる。

……そこにわずかに走ったものを、ジゼルは見逃さなかった。

「今、断面から稲妻《いなずま》が……？」

「あんたよく見てるなあ。大正解だよ。この残骸こそが、マナ武器の材料だ」

(岩にしか見えないこれが⁉)

セオドアは嬉しそうに笑いながら、説明を続ける。

いわく、この岩にしか見えない塊は、骸獣化するほど大量のマナを蓄えたことで、全く違う物質に変わっているらしい。

そしてなんと、金属のように溶かして加工することができるのだそうだ。

「特別な炉《ろ》が必要ではあるけどな。随一の硬さとマナを備えた、最高の素材というわけだ」

(そうだったんだ……マナ武器の大量生産が難しいわけね)

材料を調達するためには、まず骸獣を倒さないといけないのだから。

だが、同じ硬さのものをぶつけ合っていたら壊れるのも当然だ。数も足りなくなる。

「昨日の大型骸獣は、あんたが大砲で倒してくれただろ？　だから、こっちの武器の消耗もなく、大量に材料を手に入れることができた。改めて、礼を言わせてくれ」

「お礼はいいので、その、降ろしていただけると……」

「おっと、こりゃ悪かった！　どうぞ、足元に気をつけて」

ようやくセオドアの腕から解放されたジゼルは、改めて彼らが立ち向かう様子を眺める。

最初の一人がうまくできたことで安心したのか、今度は三人がかりで工具を構え、骸獣だったものに刃を向けている。

（ひっ！　耳が痛い……）

セオドアに掴《つか》まらなくてよくなったので、ジゼルは補充管に気をつけつつ両手で耳を塞《ふさ》ぐが、それでも響いてくる凄まじい音だ。間近で聞いている彼らはもっと大変そうなものだが……意外にも表情はとても明るい。

（体格が立派だと、耳も丈夫になる……わけはないわよね）

他の者たちも、どこかはしゃいだ様子で切り分けた塊を一輪車などに載せている。手際よく運び出す様は、お祭りでもやっているかのように楽しげだ。

森の中には砦とは別に出入り口があるらしく、荷馬車が何台も往復している。

「なんだか、収穫祭、みたいです」

「まあ似たようなものだな。骸獣からできる素材は、我が領の主産業の一つだ。加工先はいくらでもある」

（……今日急いでわたしを連れてきたのは、そのせいね）

そもそもの話、ジゼルが辺境伯領へ呼ばれた理由は〝骸獣を倒すのが間に合わなくなったから〟だ。そうなれば、当然彼らが加工する素材も出るはずがない。仕事を失えば、家族を養うこともできない……まさしく悪循環だ。

（あの地獄のような恐ろしい戦場が、領民たちの生活も支えていたのね。過酷な旅路だったけど、やっぱり来てよかったわ）

思い返せば、最初にマナ武器に補充をした時も、兵たちは喜び勇んで戦場へ駆け出していった。あれは骸獣を討伐するだけではなく、領の産業をも憂えていたからだ。

実力者の彼らが、指をくわえて眺めることしかできなかったのは、さぞ悔しかっただろう。

（この工具も、普通の人では補充が難しいでしょうしね）

補充管からは、工具に負けないほどの激しい音を立てて、魔力が吸収されている。昨日の大砲ほどではないが、相当な魔力消費量だ。タンクの形をしていても溜《た》まる暇がない。

魔力があり余ったジゼルにしかできない、とんでもなく贅沢な使い方である。

「お嬢ちゃん、ありがとな！」

「本当に助かる。ありがとう」

残骸を運ぶ人々は、皆口々にジゼルに礼を伝えながら働いている。中には涙ぐんでいる者もいるので、屈強な彼らのそんな姿にこちらが戸惑うほどだ。

――やがて、粗方《あらかた》の塊が切り分けられ、森から運び終わる頃には、ジゼルの魔力もまたすっかり空っぽになっていた。

「お疲れ様でした、お嬢様」

「ロレッタ、来てくれたのね」

補充作業を終えると、いつの間にか背後にはロレッタが待機していた。

丁寧な所作で礼をする姿はジゼルよりもずっと淑女らしいが、そのこげ茶色の瞳には、まだ怒りが窺《うかが》える。

セオドアに詳《くわ》しい用件も告げられずに置き去りにされたことを、許していないようだ。

「あーえっと、すまなかった侍女さん。悪気はないんだ」

「悪気があったら殴りますよ。あなたも高位貴族のご令息なのですから、もう少し落ち着きをもって行動してください。私は犬や猪にお嬢様を預けるつもりはありません」

「……以後、気をつけます」

華奢《きゃしゃ》な女性相手に大の男（辺境伯令息）が頭を下げる姿に、周囲の者たちはけらけらと楽しそうに笑っている。

普通なら「領主のご子息に何てことを！」と怒ってしかるべきだろうに。これはセオドアが、民と近い距離ですごしてきた証《あかし》だ。

（貴族と領民がギスギスしているところもあるのに、ここは温かくていいわね）

もちろん、引き締めるべきところは締めているとは思うが、これまでジゼルが見たこともない光景に、つい釣られて笑ってしまう。

「若、こちらでしたか！　ちょっと骸獣の群れが湧《わ》きそうなんで、手伝ってください！」

そんな風に話していると、頭上の砦のほうから兵たちが彼を呼ぶ声が響いてきた。

「そうか、任せろ!!」

「あ、ちょっと……」

セオドアはこれ幸いと姿勢を戻すと、また風のような速さで砦を駆け上っていく。

敵前逃亡ともとれる姿に、周囲からはますます楽しそうな声が上がった。

「全く、あれで当家よりも高位の貴族の嫡男《ちゃくなん》というのはどうなのですか。フィル様だって、もう少し落ち着きがありますよ」

(うちの弟は、年の割には落ち着きすぎていると思うわ)

肩をすくめるロレッタに、ジゼルも苦笑を返す。セオドアがいなくなったので、今日の仕事はここまでだ。

討伐が始まったのならまたマナ武器の補充が回ってくるだろうし、ジゼルはそれまでに魔力を回復しておかなければ。……といっても、放っておけば勝手に溜まっていくものだが。

「いやはや、お嬢ちゃんたちは本当に親切だし面白くていいねえ。若の婚約者も、あんたたちみたいな人だったらよかったんだがなあ」

「――え？」

その瞬間、ジゼルの体がピタッと凍り付いたように固まってしまった。

セオドアとは馬車路から共にすごしてきたが、婚約者がいるという話は初耳だった。

「ご令息は、婚約をなさっていたのですか？」

「そうだよ。すぐ隣の領地を治めてる、フィルチ伯爵家の娘さんだ」

ロレッタも問い質《ただ》すと、男は「知らなかったのか？」と当たり前のように返してくる。

社交をしていないジゼルはもちろん知らない名前だが、同じ伯爵家なら家格はそう変わらないはずだ。

「そこそこ魔力が高いってんで、うちのマナ武器関係に補充してくれることを条件に結んだ婚約らしいんだが、俺たちは一回もその娘さんを見たことがなくてね」

「確か、討伐隊のやつらも愚痴ってただろ。骸獣の素材を安く卸《おろ》してるのに、ちっとも補充に来てくれねえって」

「おお、そうだそうだ。それに比べてあんたは、そんな細っこいなりで戦場や森にまで来て協力してくれてる。本当にありがたい話だ」

男たちは口々に婚約者への文句とジゼルへの感謝を述べながら、工具を担《かつ》いで帰っていく。

ジゼルに対しては好意的だったが、『婚約者』の情報に、こちらは心が乱されたままだ。

「大丈夫ですか、お嬢様」

「……わたしは、大丈夫。でも、どうしよう。わたし、失礼なことを」

婚約しているなんて知らなかったから、今日も当たり前のように横抱きで運ばれてしまったのだ。『お姫様抱っこ』とも呼ばれる、横抱きで。

「あれはどちらかというと、ご令息に非があると思いますが」

ロレッタは少々呆《あき》れた様子だが、実際に運ばれていたジゼルは罪悪感でいっぱいだ。

もし自分の婚約者が、自分の知らぬところで女と二人きりでいたら……それだけでも嫌な気分になるだろうに、寄り添って横抱きされていたなんて。

(浮気だって思われても、弁明できないわよね)

そんなつもりは毛頭《もうとう》ないが、自分の性別は女だ。

それに、気絶した人間を仕方なく運ぶぐらいならまだしも、ジゼルはちゃんと意識もあって、彼に掴まっていた。車椅子という、自分で歩けない時用の手段があるのに、だ。

……残念ながら、疑われる要素が充分にある。

「あ、陛下からのお手紙を……それで、信じてもらえる、かしら」

「そんなに深刻に考えなくても、問題ないと思いますよ。先ほどの者たちの言葉が本当なら、そのご令嬢は一度も皆の前に姿を見せていないようですし。婚約者としての権利をふりかざすには、あまりに立場が脆弱《ぜいじゃく》です」

ますます呆れるロレッタに、困惑した心が少しだけ浮上する。

とにかくジゼルは人との交流経験が少ない。自慢できるのは魔力量と死にかけた回数ぐらいなもので、一般常識すら疎《うと》いのだ。

「お嬢様はワイアット家に乞《こ》われたから、わざわざ来てあげた立場です。やましいところがなければ、堂々としていればいいのですよ」

「……でも、横抱きは、駄目だと、思う」

「その点は私も賛成です。運搬というより誘拐《ゆうかい》ですからね。ご令息と距離をとることは難しいでしょうから、せめて移動手段は別に用意しましょう」

任せてくれ、と胸を張る頼もしい侍女に、ジゼルはホッと息をつく。

彼女の言う通り、やましいことは何もしていないのだから、普通にふるまえばいいのだ。

セオドアだって、ジゼル本人ではなくジゼルの魔力が目当てなのだから。

(辺境伯領は、魔力の補充ができる人が欲しい。わたしは、あり余った魔力を消費して健康になりたい。ただそれだけの関係だもの)

改めて考えれば、利害関係が一致しているだけだ。

それに、ジゼルの存在に危機感を覚えた婚約者が、立場を取り戻すために協力してくれるようになったら大団円じゃないか。ジゼルも家に帰ることができる。

(そうよ、わたしは浮気相手ではなく、よりを戻すためのきっかけになればいいんだわ)

それなら他者を思いやり、そのために動ける人物として、ジゼルの憧れ像とも乖離《かいり》しない。

魔力をゼロにする方法を知った今、辺境伯領に執着する理由もないのだ。

「ひとまず、屋敷に帰りましょう。歩くのは、遅いけれど……」

「ご心配なく。屋敷で控えていた兵士たちに手を借りて、車椅子を持ってきました。砦の上までは歩いていただきますが、以降は私がお連れしますよ」

「まあ、ありがとう」

頼りになりすぎる侍女としっかりと手を取り合い、見つめ合って笑う。……別にセオドアに頼らなくても、ジゼルはロレッタがいればやっていける。

（うん、婚約者さんの余計な悋気《りんき》を買わない程度に、ちょうどいい距離感を保とう）

女二人で手を繋いで、ノロノロと亀のような速さで二人は砦の階段を上っていく。

森に残された男たちが『余計なこと言ったかな？』なんて顔を見合わせていたことは、ジゼルはもちろん知る由《よし》もない。

＊　＊　＊

辺境伯領についてから四日目には、予定通りにバークレイ家の特注超大型タンクが無事に届けられた。

ここまでの必要日数と人員、馬の数を考えれば、この早さで届けられるのはよほど無理を押したか、事前に準備をしていたかの二択だ。両親と弟のフィルには本当に頭が下がる。

(これで討伐がない日でも、魔力の消費先に困らないわ)

もっとも、マナ武器の補充は絶え間なく依頼が来るので、仕事がなくなることはなさそうだが……残念ながら、大した消費量ではない。

二日目に倒した大型骸獣が出ればあの大砲が使えるが、おおよそ一月に一度程度しか現れないと聞いたので、望みは薄いだろう。

あの過剰戦力を、適当に撃つわけにはいかない。そんなことをしていたら、砦付近はあっという間に穴だらけだ。土地そのものが死んでしまう。

(音がすごいマナ工具も、大きな塊が出なければ不要らしいしね)

魔力が溢《あふ》れたら死ぬジゼルには、やはり実家の特注タンクは必須だったのである。

そんなわけで、解決策の整った辺境伯領での生活は、日々快適にすぎていく。

セオドアとは婚約者がいると知って以降、友人未満の関係を維持できるように努めている。

もちろん、骸獣と命を懸けて戦う現場では全力で協力するが、平時は一定の間隔は空けるようにしている。特に、横抱き運びはご法度《はっと》だ。

(夢見る女の子も多い『お姫様抱っこ』だものね。おんぶとかなら、まだよかったけれど)

兵たちにも協力を頼み、どれだけ歩くのが遅くても、緊急時以外はセオドアに運ばせないを徹底させていた。

——そしてこの日、いよいよその時が訪れたのである。

「今日も健康、魔力消費もいい感じだわ」

「はい。お疲れ様です、お嬢様」

ようやく一人で歩くことにも慣れ、防壁の外での補充協力にも自分で向かうようになってきたジゼルは、今日もロレッタと護衛に一人女性兵を借りて、戦場からワイアット家の屋敷に戻ってきていた。

皆と比べれば二倍近く時間がかかるが、己の足で移動できるのは素晴らしい進歩だ。

最近は諸々への補充と消費で、魔力は常時二割程度まで減らせており、すっかり健康な生活が板についている。

この軽さが当たり前になったら、かつての気怠《けだる》い体には戻れなさそうだ。

「んじゃ、あたしは仕事に戻りますね。お嬢、また！」

「はい、ありがとうございました。お気をつけて」

無事に屋敷に戻るところまで見届けた兵は、ニコニコと笑いながら持ち場へ戻っていく。

以前は舌がもつれて喋《しゃべ》るのが遅かったジゼルも、だいぶ皆と話せるようになってきた。このまま成長できれば、社交界デビューも夢ではないかもしれない。

（それにしても、この領のみんなはよく働くわね……）

帰ってきたばかりなのに、意気揚々と駆けていく女性兵に感心してしまう。

長い間、増え続ける骸獣に対してマナ武器を節約しながら戦っていた兵たちは、反動で戦闘中毒になっている者も多いらしい。

骸獣を倒せば倒しただけ素材になるので悪いことではないが、あまり無理はしてほしくないところだ。親しくなった者が怪我《けが》をするような姿は、見たくない。

「……辺境伯領の者たちは、ご令息を筆頭に皆気安いですよね」

「えっ、そう?」

そう思っていると、兵が見えなくなった途端に眉を吊《つ》り上げたロレッタに、ジゼルは目を瞬く。もしや、彼女はこの領の者たちをよく思ってはいないのか。

「『お嬢様』ならわかりますけど、なんですか『お嬢』って。伯爵令嬢をそんな風に呼ぶ人間は、ここにしかいませんよきっと」

「ああ」

と思いきや、意外な指摘をされて、つい笑ってしまう。

確かに丁寧な言葉遣いではないが、親しみのこもった愛称であることはロレッタもわかっているはずだ。ただ、伯爵家の侍女という立場上、一応咎《とが》めなければならないので、彼女はたまにこうして口にしてくれる。本当に忠義者の侍女である。

「何なら、ロレッタもお嬢って呼んでくれてもいいわよ？」

「私は仕える主人には、敬意を忘れないことを信条としておりますので」

なんて誇らしげに語るロレッタも、丁寧なのは口調だけで、実際はジゼルと家族のように親しい。態度だけかしこまるべきか、まずは態度から親しくなることを試みるか。それだけの違いだ。

「ふふっ」

ジゼルが頬をゆるめれば、ロレッタの眉もすぐ元の形に戻る。

戦場や森へしょっちゅう出向くのは大変だが、やはり実家を出て外で活動するようになってよかったのかもしれない。


「ちょっとそこのあなた！　早くこちらに来なさいよ」

――そんなジゼルたちの平穏を破ったのは、甲高《かんだか》い女性の呼び声だった。

(あなたって、もしかして呼ばれてるのはわたし？)

こんな風に呼び止められたことがないジゼルは、とっさに周囲を見渡す。

屋敷のエントランスにいるのは、ジゼルとロレッタの二人だけ。女性兵もとっくにいないし、ワイアット家の使用人も残念ながら近くにいないようだ。

そして、いつの間にか扉を開けたすぐの場所に、一人の女性が立っていた。

屋敷の侍女や討伐隊の中には見たことがない、若くて華奢な女性だ。

「あの……？」

「何をモタモタしているの？　全く、使えない侍女ね」

（は？）

女性は明らかにジゼルを睨《にら》みながら、わざとらしくため息をつく。間違いなく、ジゼルを見て『侍女』だと口にしていた。

（あ、そうか服！）

何故そんな間違いに至るのか考えて、ジゼルは今日の装いを確認する。もはや戦場へ向かう際の定番となった、白いブラウスと無地のスカートのセットだ。

邪魔にならないよう髪も全て結い上げてもらっているので、貴族の令嬢として見るなら華やかさが足りない。侍女と間違えることもあるかもしれない。

隣にいるロレッタも、彼女の私物の乗馬服だ。決して高価な装いではない。

（対して、この人は……）

命令し慣れた口調から、女性は明らかに立場が上の者……ジゼルとそう変わらない歳《とし》に見えるので、恐らくどこかの令嬢だろう。

白いブラウスに碧色のワンピースと同色のケープを合わせており、全体に繊細な刺繍が施されている。同じブラウスでも、フリルやレースで飾った華やかな一品だ。

艶《つや》やかな黒髪は腰まで丁寧に巻かれ、キツめの美貌は遠目で見てもきっちりと化粧をしているのがわかるほど。

　見れば見るほど、地味なジゼルたちとは真逆だ。

「……本当に、この家は使用人まで駄目なのね。戦うことしか能のない辺境伯なんて、だから嫌だったのよ」

　ジゼルが検分している間にも、彼女の機嫌はどんどん下降しているようだ。懐《ふところ》から扇子を取り出すと、まるで悪臭を避けるように顔の下半分を隠してみせる。

　誰なのかは知らないが、ワイアット家に対して良い印象はないらしい。

「どこのどなたかは存じませんが、今この家の者を呼んで参りますので、その場でしばらくお待ちください」

　言葉に詰まるジゼルを守るように、ロレッタがサッと前に立つ。ジゼルたちも客人なので、来客対応などできるはずない。当然の返答だ。

　だが、ロレッタを鼻で笑った令嬢は、扇子を閉じてこちらに突きつけると、馬鹿にするように首を横にふった。

「あなたでいいと言っているのよ。いいからさっさとこちらに来なさい」

（はあ!?）

　人の大事な侍女に対して、その態度は何事だ。

　健康を得たことで『怒り』を表せるようになったジゼルは、庇《かば》うロレッタの肩を掴むと、今度は自分が一歩前に踏み出した。

「名乗りもしない不審者の命令を聞く耳など、持ち合わせておりません。ご用があるならば、正式な訪問の約束を取り交わしてからお越しくださいませ。……どうぞお引き取りを」

「お嬢様……！」

（よし、噛《か》まずに言えたわ！）

ジゼルは皆に助けられて生きてきたので、強い言葉や拒絶は口にしないようにしている。だが、決して言えないわけではないのだ。今まではあまりにも具合が悪くて、言う機会がなかっただけで。

「……ッ！」

まさか使用人だと思っている人間に反論されるとは思わなかったのか、怒りで顔を真っ赤にした女性は、扇子を折れるほどに握り締める。

しかし、反論してこない辺り、本当に約束のない急な訪問だったようだ。よほどの緊急事態でない限り、貴族としてはありえない非常識なので、言い返せないのだろう。

（それも、ワイアット家は陛下も重用する国防の要《かなめ》。そんな家に対して礼を欠くなんて）

「………」

女性はしばしの間無言のまま、じっとジゼルたちを睨みつけていたが……やがて面倒くさくなったようにまた頭をふると、折れかけの扇子を握る片手を開いた。

「わたくしはフィルチ伯爵家のケイリーです。この家の者なら、名乗ればわかるでしょう？」

「はあ、そうなのですか？」

女性改めケイリーは『さあ言ってやったぞ』と得意げだが、あいにくワイアット家の者ではないジゼルには誰のことかわからない。

疑問を返すジゼルに「信じられない！」とケイリーはまた顔色を赤くしたり白くしたりしている。

「そう言われましても、わたしはこの家の者では……」

「お嬢様、この方ですよ。フィルチ伯爵令嬢……ご令息の婚約者です」

「えっ!?」

わからない理由を伝えようとしたところで、ロレッタに耳打ちされた内容で全て飛んでしまう。そういえば同じ伯爵位の家だと聞いたことは、ジゼルの記憶にも残っている。

「この方が……？」

続けて、つい値踏みするような視線を向けてしまったのは、無意識だ。

……確かに、見た目は美しい。華やかに着飾る感性も、起伏に富んだ体格も、ジゼルにはない魅力である。

だが、つい先ほど彼女が〝使用人に対して〟向けた言葉が、どうしてもひっかかった。

セオドアは兵や使用人、また領民たちに対してとても友好的な壁のない態度で接する男だ。

貴族令息らしくはないが、信頼を得るという意味では成功している。

その彼の隣に立つ伴侶《はんりょ》が、初対面の相手に名乗りもせずに命令をしてくるような人間というのは、いかがなものだろう。

(見た目だけならお似合いだけど)

「お嬢様?」

「あっ、ごめんなさい」

沈みかけた思考を、ロレッタの声で慌てて引き戻す。

セオドアの婚約者が誰であろうと、ジゼルが口を出す話ではない。それに、これまで一度も屋敷を訪ねたことがないという彼女が現れたのだから、吉報ではないか。

(そうよ、こんなところでわたしと無駄《むだ》話をしている場合じゃないわ。婚約者が関係修復に訪れたなら、わたしの狙い通りじゃない)

気を取り直したジゼルは、ロレッタを真似た淑女の姿勢をとる。

「失礼いたしました、フィルチ様。ただいま屋敷の者と、セオドア様に連絡をとりますので、どうぞ中に入ってお待ちください」

言葉は聞き取りやすくハッキリと、丁寧に。自慢の侍女をお手本にした案内は、我ながらうまくできたはずだ。噛まずにちゃんと喋れたのも誇らしい。

「ああ、いらないわ。別にあの人に会いに来たわけじゃないから」

……しかし、ジゼルに返されたのは意外な答えだった。

「えっと、そう、なのですか？」

「だから、あなたたちでいいって最初から言ってるでしょ！」

戸惑うジゼルの足元に、カシャンと音を立てて何かが叩《たた》きつけられる。

「………………」

転がっているのは、ケイリーが持っていた扇子だ。何度も荒っぽい使い方をされたせいで、今度こそ完全に壊れている。

さすがにこれには、ロレッタも思いっきり眉間《みけん》に皺《しわ》を寄せて固まった。

(扇子は重要な小道具なのに、なんて扱いを！　しかも、家名を名乗った令嬢がこんな態度をとるなんて、何を考えているの？)

社交界を知らないなりに、洗練された貴族女性に憧れているジゼルには、なんとも信じがたい現実だ。本音を言えば、令嬢を騙《かた》る賊か何かだと思いたい。

「……でしたら、ご用件は何ですか？」

戦慄《せんりつ》しつつも何とか声を絞り出すと、ケイリーは待っていたといわんばかりに不敵な笑みを浮かべて、腰に手を当てた。

「用件はただ一つ、わたくしとの婚約を解消してほしいとご子息に伝えてちょうだい。こんな汗くさくて危険な領地にかかわるなんて、絶対にごめんだわ！」

「――はい？」


彼女があまりにも堂々と口にした内容に、時間が止まったような錯覚を覚えた。

貴族の婚約といえば、家同士の結びつきだ。それを、彼女の一存で勝手に解消するなど……ましてや、そんなくだらない理由で解消するなんて、ありえない。

こんなことは、幼子《おさなご》でも知っている常識だ。疎いジゼルですらわかる。

「あ、あの、失礼ですが、それはフィルチ伯爵閣下もご承知のことで？」

「はあ？　そんなこと、あなたには関係ないでしょ？」

(まあ直接関係はないですけど！)

それでも、今まさに聞いてしまったので、完全に無関係ではない。

しかも、ケイリーはこの大事な話を、屋敷で最初に見かけた使用人（だと思っているよその人間）に伝えておけと言っているのだ。

問わなければ名乗りもせず、伝言者の立場すら確認してこない彼女は、本当に伯爵家のご令嬢なのか。いくらなんでもひどすぎる。

「ロレッタ、この人偽者じゃないかしら」

「私もそんな気がしてきました」

小声で確認すれば、信頼する侍女も同感だという。

ならばジゼルのすべきことは一つ。この女性をエントランスに引き留めておき、その間にワイアット家の人間……できれば荒事に対処できる者を連れてくることである。

「申し訳ございません、フィルチ様。大切なお話のようですので、さすがに伝言はお引き受けできかねます。今、対応できる者をお呼びしますので」

「そういうのは結構よ。可及的速やかに婚約解消の旨《むね》を伝えてちょうだい。わたくしも待たせている恋人がいるから、一日でも早く縁を切りたいの。いいわね？　伝えたわよ？」

（え、ちょっと!?）

ロレッタが丁寧に引き留めの言葉をかけるが、ケイリーは一方的に言い切ると、背後の扉を開けてさっさと外に出てしまう。

急いで追いかけたが、彼女は一切ふり返ることなく馬車に飛び乗ると、さっさと去っていってしまった。恐らく、すぐに退散できるよう入口すぐに馬車を乗り付けていたのだろう。

「本当に、帰っちゃった……」

「全く、とんでもない方でしたね」

走り去る後ろ姿を呆然《ぼうぜん》と見送る。しかし、彼女が乗っていた馬車は、造りはちゃんとしたものだったように思えた。

「もしかして、本物の伯爵令嬢だったの……？」

「信じがたい話ですが、可能性は高いですね。ここに『若』とか呼ばれて、兵たちと最前線に出る辺境伯家のご令息もいますし。サクワイアでもこの辺りは、王都近郊とは常識が違うのかもしれません」

（さすがにそれはないと思うけど）

しかし、あのような非常識な人間が、貴族の娘というのも驚きである。

鎖鋸の職人たちの話を信じるなら、ケイリーとの婚約は魔力補充を条件に結ばれたものとのことだが、身辺調査はしなかったのだろうか。

「……あの方、恋人がいるとハッキリおっしゃっていましたね。もしも本当なら、解消ではなくあちら有責で破棄が妥当《だとう》ですよ。そんなこともわからないのでしょうか」

深くため息をつくロレッタに、ジゼルもますます困惑する。

ケイリーは必ず伝えるようにと言ったが、この伝言は本当に届けるべきなのか。

辺境伯領は今、やっと骸獣討伐が安定したことで皆が元気を取り戻しつつある。そこへ次期領主の婚約解消なんて残念な報せを届けたら、せっかく明るいほうに向いた気持ちが、また沈んでしまうのではないか。

（わたしは、彼らの婚約が持ち直すように動いていたはずなのに）

「……どうしようロレッタ。こんな話、どうやって伝えたら」

「無視でいいと思いますよ」

後ろ向きな思考になりながら問うと、ロレッタからはとんでもない返答が出された。

「ええっ⁉」

「そんなことしていいの？」

「お嬢様、まず私どもはワイアット家の者ではありません。そして、あの令嬢が一方的に言い捨てて行っただけで、『了承した』と答えた覚えもありません。ついでに、この場にいたのは私どもだけで証人もいませんので、結論は無視が最適です」

一本ずつ指を折りながら説明してくれるロレッタに、ジゼルも納得はできる。

ただ、このとんでもない話を聞いた当人として、胸に罪悪感が残ってしまうのだ。

「正直に言って、あの方の命令を聞いてやる義理はございません。そもそも、私どもは部外者ですよ？　このような大事な話に、他人が干渉するべきではありません」

「それは……そうね」

呆れたように続けたロレッタに、ジゼルもなんとか自身を納得させる。

彼女の言う通り、自分たちは部外者だ。ケイリーの言っていたことが本当であれ嘘《うそ》であれ、両家の婚約にジゼルがかかわることはない。

（わかってはいるけど、なんとなくモヤモヤしてしまうわよね）

ケイリーの言葉を思い出す度《たび》に、セオドアのあの輝くような笑顔が浮かんでくる。

馬車路はぎこちなかった彼も、領地に到着してからはよく笑うようになった。領民を思い、まっすぐに生きる彼が、あのような令嬢の心ない言葉に傷付けられるかもしれない。

(それは、ちょっと、嫌だな)

関係はなくても、ジゼルにも良心はある。頑張っている人には幸せになってほしいと望むぐらいなら、第三者にも許してもらいたい。

「お嬢様？」

「ごめんなさい、なんでもないわ」

頭をふって、共に室内へと戻る。できることがないなら、考えるだけ損だ。

本当にフィルチ伯爵家が婚約の解消を望んでいるのなら、王家へ申請するための正式な書面のやりとりも必要になる。ジゼルが心配するとしたら、その段階に至ってからだ。

「なんだか変なことに巻き込まれてしまいましたが、ひとまず部屋に戻りましょう」

「そうね、タンクへの補充もしたいし……」

——そう、日常へ気分を向けた直後。

「ジゼル嬢!!」

背後からかけられた荒々しい声に、ロレッタが閉めかけていた扉を再度開いた。

防壁に繋がる通路から跳ねるように駆け寄ってきたのは、まさに渦中《かちゅう》の人であったセオドアだ。ただし、黒地の上着はずいぶん汚れているし、表情にも疲労が濃い。

「セオドア様？　どうしたんですか」

「急に大型骸獣が湧いたんだ！　かなり大きい。頼む、協力してくれ‼」

「そんな……」

(早すぎるわ。月に一度と言っていたのに⁉)

ダンッと音を立てて玄関に降り立ったセオドアは、その流れのままにジゼルに手を伸ばしひょいっと抱き上げてしまう。ここ数日、絶対にされないように避けていたのに、今日は先の出来事で気がゆるんでいた。

「あの、困りま……」

「嫌だろうけど、今だけは我慢してくれ。今回はちゃんと緊急事態だ！」

「……っ、わかりました！」

断ろうかと一瞬だけ考えて、すぐにやめる。

彼の真剣な表情と苦しげに吐かれる息が、嘘ではないと如実《にょじつ》に語っているからだ。

(戦力として欠かせないセオドア様がわたしを呼びに来たのは、彼が一番速くわたしを連れてこられるからだわ。戦場ではきっと、兵たちが命懸けで抑えてくれている)

「ロレッタ、行ってくるわ」

「お嬢様、お気をつけて！　私もすぐに追いかけます！」

セオドアの首に腕を回せば、彼は即座に来たばかりの道を駆け抜けていく。やはりとんでもない速さだ。

「若！　お嬢を連れてきてくれましたか！」

「おう！　お前らまだ生きてるな⁉」

あっという間に防壁まで近付くと、分厚い壁の向こうからは雄叫《おたけ》びのような声と激しい剣戟《けんげき》が聞こえてくる。地面に足をついていないので気付かなかったが、振動もこちら側まで響いてきているようだ。

「こんなところまで……」

「こんなデカい獲物は何年ぶりか。腕が鳴るな」

「全くです。解体屋が今から人を集めて、楽しみに待ってるって言ってましたぜ」

（た、たくましい人たちね……）

解体屋とは、あの鎖鋸を使う職人たちのことだ。想定外の状況に緊張するジゼルとは対照的に、セオドアも兵たちもギラギラした目つきで防壁の向こうを見つめている。

この地獄のような状況を楽しめてしまうなんて、とんでもない精神力の強さである。

「……ひっ！」

そうして合流した兵を連れて砦へ抜けると、そこにはとんでもなく巨大な、人の形を模した〝燃える山〟が立ち塞がっていた。

以前対峙《たいじ》した大型骸獣よりもさらに横幅があり、かつ今回のものは体のいたるところに炎をまとっている。『物』だとしても、質量の暴力はあまりにも恐ろしい。

「心配ないぜジゼル嬢。マナだけで起こる炎は、本物の火よりも多少熱くない」

（それで安心できる要素はどこに⁉）

言っている間にも、湯気のような熱い空気が襲いかかってくる。本物なら確実に火傷《やけど》を負う近さなので、温度が低いのは本当だろうが……正直気休めにしかならない。

（〝山火事と戦え〟って言われているんだものね！　しかも普通に熱いわ！）

「お嬢、例の大砲は準備できてます！」

「俺たちは囮《おとり》だ！　彼女が撃てるようになるまで、絶対に近付けるな！」

セオドアは砦の中央までジゼルを運ぶと、サッと降ろした後に、すぐ大型骸獣に斬りかかっていく。ここまで休まずに走ってきたのに、なおも皆の先陣を往くのだから、まさしく戦いの申し子だ。

「熱っ……どなたか、照準をお願いします」

そんな彼に期待されて連れてこられたのだから、ジゼルだって負けていられない。

砲身にぐんぐん魔力を送り始めると、慌てて付近にいた兵たちが駆け寄り、砲鞍《ほうあん》と砲身を二人がかりで調整していく。

「これ、どこ狙えばいいんだ⁉」

「できれば足の……待て、若たちの攻撃が入ってる！　左足の付け根だ！」

補充をしている間にも、彼らは生身で骸獣に斬り込んでいる。一同が集中したのが功を奏したのか、砦に突っ込んでいた左足に大きな亀裂が入り始めていた。

「片方集中で、バランスを崩す感じでいこう！　お嬢、どうです!?」

「いけます……補充、できました！」

「全員下がれ!!」

剣戟、怒号、あちこちから硬い物が崩れ落ちる音と、むせかえるような熱気。戦場らしい上を下への大騒ぎだ。

――その中でふと、彼の夕日のような両目と、ぱっちり合った。

「今だ、撃て!!」

セオドアの号令に合わせて、領地中に響くような凄まじい轟音。

魔力を凝縮した弾が燃え盛る岩の塊を貫き、巨体に大きな亀裂《きれつ》を走らせていく。

(熱風が！)

撃った反動で投げ出された体に、骸獣からの爆風のような熱が襲いかかる。衝撃に押し潰されそうになりつつも、とにかく地面に伏せて必死に耐える。

「…………治まった？」

脳をかき乱すような揺れと熱風をなんとか耐えきると、恐る恐る開いた視界に映ったのは、いきなり体積の三分の一を失った大型骸獣の姿だった。

(すごい！　あんなに崩れているなんて)

バランス崩しの狙いがうまく作用したのだろう。反撃とばかりの熱風もすごかったが、大砲一発で山の三分の一を削ったと考えれば、とんでもない破壊力だ。

「ははっ、さすがお嬢！　これならもう俺たちだけでいけそうだ!!」

「称《たた》えるのは後だ！　さっさと倒しきるぞ！」

応、と勇ましい声が重なり、様々な武器を構えた兵たちが再び斬りかかっていく。もちろん、最前を突っ切っていくのはセオドアだ。

(うまく入ってよかったけど……みんなすごいわね。まだあんなに動けるなんて)

特にセオドアなんて、肩で息をしながらジゼルを迎えに来たのに、どこにそんな体力が残っているのか。

もっとも、そんな彼が先陣を切るからこそ、皆も恐怖心に負けることなく戦えるのだろう。巨大な燃える山と対峙して、平常心でいられるはずがない。

(この人がいれば、という信頼感、か)

それは上に立つ者の在り方に通じるところがある。信頼できる主人でなければ、民は力を貸してはくれない。セオドアは貴族らしくはないが、『領主』としての適性は充分にあるようだ。

「お嬢はマナ武器の補充を頼みます。オレもあいつに一撃入れてくるんで！」

照準を手伝ってくれた二人も、まとめられた魔力切れのマナ武器をどさっと近くに置くと、別の武器を構えて駆けていく。合流したセオドアからは「よくやった」と褒《ほ》める声が聞こえてきた。

（ああ、なんだか、本当に……）

あり余る魔力を消費するためだけに、手伝っていたつもりだったのに。

脅威《きょうい》にまっすぐ立ち向かっていく彼らを、いつの間にか応援したいと思い始めている。

自分が生き残るためだけでなく、バークレイ伯爵家の名を汚《けが》さないためでもなく。

彼らのために魔力を使いたいのだと。そんな風に考え始めたのは、きっと彼の……。

（いや、やめましょう。わたしは、あくまで臨時の補充要員だもの）

皆の雄姿に煽《あお》られて昂《たかぶ》った心を、深呼吸をして落ち着かせる。

ジゼルはワイアット辺境伯領の住民でもないし、戦場に出るために鍛えた兵士でもない。

――『伯爵家の娘』ではあっても、セオドアの婚約者はジゼルではないのだ。

自分は、王の命令に従っただけの、いつかここを去る人間。過剰に入れ込むべきではない。

（あのフィルチ伯爵令嬢がここにいたら、なんて言うかしらね）

うるさくて、砂埃《すなぼこり》が酷《ひど》くて、地面は立っていられないほど揺れる、地獄のような場所。

ジゼルだって、恐ろしくてたまらない。もしも戦えと言われたら、泣いて地に額《ぬか》ずくだろう。

それでも、ここでは生身で戦っている人たちがいて、一体で町を滅ぼせそうな脅威を、今まさに砕いて倒そうとしている。

魔力を込められた特殊な武器があるとはいえ、人間が山のような大きさのものを倒すのだ。

（こんなとんでもない光景、王都の貴族たちだって絶対にお目にかかれないわ）

どれだけ有名な歌劇も、絶対に敵《かな》わない。現実とは思えないような、とんでもない景色だ。

この戦場を駆ける素晴らしい彼らに、自分が〝力を貸せる〟と言われたら、あの伯爵令嬢は断るだろうか。

（……まあ、さっきのあの人が本物なら、断るかもしれないけど）

苦笑を浮かべつつ、ジゼルはじっと皆の戦う様子を見つめ続ける。あちこちに傷を負いながらも、仲間を率いて戦場を駆けていく、勇ましい背中を。

やがて、崩壊の音と共にふり返ったその顔が、へにゃりと人好きのする微笑に変わる。

「……っ！」

彼の笑みの眩しさに、思わず息を呑《の》んだ。

言い聞かせても、脳が警告しても。……目が彼を追いかけて、つい見惚《みと》れてしまう。

戦いの緊張や興奮だけではない胸の高鳴りが、両手で押さえつけても聞こえてくる。

（こんなの、どうしたらいいかわからない……）

勝利の喜びに湧く辺境伯領の人々の中で、ジゼルだけが一人、強く目を閉じて俯く。

何度ふり払おうとしても、瞼《まぶた》に焼き付いた彼の笑顔が消えることはなかった。

4章　あなたは好きになってはいけない人なのに

二度目の大型骸獣《がいじゅう》討伐から、五日が経《た》った。

さすがにあれ以上の緊急襲撃が起きることもなく、マナ武器も安定して使えるようになった辺境伯領では、落ち着いた生活が続いている。

……唯一、その功労者であるジゼルを除いて。

「はあ……」

広く美しい客間に、小さな息の音が響く。

あの大型骸獣討伐以降、ジゼルはどうにも気分が沈んだまま日々をすごしていた。

魔力の消費先に困っているわけではない。マナ武器は毎日補充をしているし、特注タンクも配送チームを組んでくれたおかげで定期的に届く。ジゼルも実家も辺境伯領も安定した三方良し……になるはずなのだ。

にもかかわらず、ジゼルには何とも言いがたい不調が続いており、意図せず口からため息がこぼれる。せっかく健康な体で暮らせるようになったのに、まとう空気が病人のままなのだ。

魔力過多以外にジゼルを苦しめるものなど、あるはずないのに。

「……あ」

ぼんやりしていたことに気付いて視線を動かせば、手の中には煌々《こうこう》と輝くマナ武器の柄《つか》が握られている。その横では、いっぱいに詰め込まれた木箱が、同じ輝きを放っていた。

（いけない！　ぼーっとしている間に、全部補充し終わっていたみたい）

我ながらとんでもない慣れ具合に呆《あき》れてしまう。実家では家宝のように扱われていたものを、こんな適当な気分で扱うなんて。

（危なかった……下手《へた》をしたら、手がなくなっているところだわ）

魔力を得たマナ武器は宝石にも劣らない美しさだが、凶悪な骸獣を倒す正真正銘の武器だ。ジゼルの小枝のような腕など、簡単に斬り落とせるだろう。

「よ、よし。お待たせロレッタ、この箱も終わったわ」

全ての補充が終わったことをもう一度確かめてから、箱をきちんと整える。

「お疲れ様です、お嬢様。では、こちらも廊下に出しておきますね」

控《ひか》えていた大事な専属侍女にお願いすると、彼女も慣れた手つきで箱を預かり、そのまま廊下へ向かって押し出していく。……カラカラと車輪の音を立てながら。

これはつい最近変わった点で、回収箱の底面に四つの車輪がついている。

何せジゼルが来てからというもの、マナ武器の補充回数があまりに多い。恐らく魔力の消費先を提供してくれているのだろうが、それにしても魔力切れが早すぎるのだ。

頻繁《ひんぱん》な回収と運搬作業に、兵たちが疲れてしまうほどには。

ということで、回収箱には誰でも動かせるように車輪が取り付けられ、ジゼルの客間外の廊下に出しておけば手の空《す》いている者が持っていくという仕組みができ上がった。

運搬もしやすくなったため、今は老若男女《ろうにゃくなんにょ》全ての使用人たちが協力してくれている。

また同様に、討伐が慌《あわ》ただしい時などは、客間前に箱を置いていかれている時もある。もはや『マナ武器はジゼルが補充するもの』として当たり前になっているようだ。

(セオドア様みたいに、全員が魔力ゼロじゃないはずなのに)

ジゼルとしても魔力が消費できるのはありがたいが、〝そういう仕組み〟として扱われるのも困るところだ。

――役目が終われば、ジゼルはここを去る人間なのだから。

(王命は『緊急事態を打破するため、一時的に』という感じだったものね)

ジゼルが辺境伯領に常駐することは、国王も考えていないはずだ。あくまで助っ人《すけと》であり、状況が安定したら実家へ帰ってもらうつもりで命令を出したのだろう。

(前の状態を知らないわたしは、どうなったら〝安定〟といえるのかわからないけど……少なくとも、最近は結構平和よね？)

ここに到着したばかりの時は、救護室から溢《あふ》れた負傷者が領主の屋敷に集まっていたりと、絵に描いたような緊急事態だった。

しかし今は、ジゼルが戦場まで連れていかれるようなこともほぼない。骸獣は出没しているようだが、武器さえあれば兵たちだけで対処ができる状態だ。

……もしかしたら、これが〝安定した状態〟なのかもしれない。

（マナ武器の補充だけが気になるわね。他の人たちでも、補充できる仕組みを準備してくれているならいいんだけど）

ジゼルの魔力消費先は必要不可欠だが、いなくなった後のことも考えてもらわないと困ってしまう。目安を考えるなら、セオドアの父が退院したら、辺りが妥当《だとう》だろうか。

（セオドア様は兵を動かしたり戦ったりすることはできても、最終的な決定権は持っていないものね。やっぱり一度、お父君の容態をお聞きしたほうが……）

「お嬢様」

あれこれと考えていると、いつの間にか箱を置いて戻《もど》ってきたロレッタが、ジゼルの顔を覗《のぞ》き込んでいた。額《ひたい》がくっつきそうなほどの至近距離で。

「わっ！　ごめんなさい、何かしら？」

慌《あわ》てて一歩後ずさるも、ロレッタのこげ茶色の瞳はじっとジゼルを追いかけてくる。

「何か、考え事ですか？」

「そ、そうね。ご当主の容態とか……っ」

先ほど考えていたことをつい口にしてしまって、すぐに唇を押さえる。突然面識もない辺境伯の容態を気にするなんて、不自然極まりない。

弁明に頭を巡らせるジゼルだが……ロレッタはただ、黙ってこちらを見つめたままだった。

「ロレッタ？」

「……お嬢様の悩みは、私には話せないことなのでしょうか？」

「っ！」

予想以上に真剣な声で問い返されて、言葉に詰まる。やはり有能な彼女は、ジゼルがずっと悩んでいることに気付いていたようだ。

（まあ、わかりやすかったわよね。せっかく熱が下がっているのに、これじゃあ……）

ジゼルは健康な体になったら、やりたいと思っていたことが沢山《たくさん》あった。お洒落《しゃれ》は少しずつ楽しめているが、かつての自分なら一秒も無駄《むだ》にはしたくないと行動していたはずだ。

だが、このところ無為《むい》にすごしていることが多い。自分でももったいないと思うほどに。

それでも、どうにもならないので気分が沈んでいるのだ。……誰かに相談しようにも、口にすることがまず憚《はばか》られるような話なので、余計に困ってしまう。

「専属侍女たる私は、信用には値しませんか？」

「そんなことないわ。でも、その……ロレッタに軽蔑されたら、嫌だなって思って、つい」

「心外ですお嬢様。私の忠誠心をお疑いですか」

視線がますます強くなって、ジゼルはもう一歩後ずさる。

正直重たいが、ロレッタがジゼルに対して並々ならぬ思いを持っていることは事実だ。

「十年前のあの時より、私の命はお嬢様のためにあるのですよ」

「いや、命はちゃんと自分で大事にして？」

爛々《らんらん》と輝く彼女の目に、苦笑がこぼれる。

そう、ロレッタとの付き合いはもう十年にもなる。……実は、初めて出会った時の彼女は、侍女候補兼遊び相手として、別の貴族に仕《つか》えていた。

運河観光でバークレイ領を訪れていた彼らだったが、そこの子息が癇癪《かんしゃく》を起こし、あろうことか紅茶を淹《い》れるための熱湯をロレッタにぶちまけたのだ。

ひどい熱傷を負ったロレッタは、最先端マナ設備を持つバークレイ家お抱えの医師のもとに担《かつ》ぎ込まれた。……その治療の際に、設備の動力たる魔力を供給したのがジゼルだった。

自分より幼い子どもが、みーみー泣きながら自分を救おうとしてくれた、と感激したらしいロレッタは、以来ジゼルに崇拝にも近い忠誠を向けてくれている。

ちなみにこの一件から、ロレッタの家族も主《あるじ》を替えて移り住み、今はバークレイ家になくてはならない存在となっている。

また、かの家はジゼルの父が〝対処〟をしており、絶縁済みだ。

（こういう経緯でわたしについてくれたロレッタを、疑う気持ちは微塵《みじん》もないわ）

しかし、なかなか難しい。……正直にいうと、ジゼル自身もよくわかっていないのだ。

（でも、いつまでも鬱々《うつうつ》としていたら、余計に迷惑をかけてしまうわよね）

ジゼルはもう一度、こちらを見つめるロレッタを確認してから、意を決して口を開いた。

「……大型骸獣が出た日に、嵐のような訪問があったじゃない。覚えてる？」

「ああ、あの失礼なご令嬢ですね。覚えておりますよ」

半分忘れていましたが、と付け加えたロレッタに、ジゼルも苦笑する。

確かに、大型骸獣のほうが記憶に残るだろう。……ジゼルも忘れられたら楽だったのだが。

「もしかしてお嬢様、あの伝言を無視したことを気にしていらっしゃったんですか!?」

ハッと目を見開いたロレッタが大きな声を上げる。信じられないと言わんばかりの様子は、彼女にとってあの伝言が『なかったもの』となっていた証拠だ。

「えっと、それもあるんだけど」

「気にしすぎですよ、お嬢様！　あれは信じるに値しない身勝手なものでした。そもそも、何の関係もない私どもがかかわるべき内容ではありませんよ？」

「関係ない……」

ロレッタがジゼルを気遣ってくれただろう言葉に、つきりと胸が痛む。彼女の言うことは正しく、ジゼルは関係ないしかかわるべきではない。

それをわかっていて、なお気になってしまったから、口にすることを躊躇《ためら》ったのだ。

「わたしもね、わかっているつもりよ。他家の人間がかかわる話ではないことも……貴族同士の婚約は、本人たちの意思を無視することが多いことも」

ぽつぽつと続けると、ロレッタは姿勢《しせい》を正してきちんと聞く体勢をとってくれる。真剣な表情を見ると、やっぱり悪いことをしているような気がした。

「……お二人の婚約は、家同士が決めたものなのよね。だから多分、本人たちの意見は反映されない。もう五日も経つのに、婚約解消のお話がこちらに届いていないもの」

「そうですね。そのような話があったら、屋敷内で噂《うわさ》にぐらいはなりそうですし」

だが、辺境伯家に連絡は届いていないし、話題にも出てこない。もし本気で解消する気があるなら、五日もあれば動いているはずだ。隣の領地なのだから。

「婚約は解消されていない。つまり、ワイアット家にとって必要な契約だということよね」

「職人たちの話を信じるならば、魔力の補充要員としての婚約、でしたか。……解消の話自体は出ていても、ご当主が不在のために保留にされている可能性は考えられますが」

それは一理ある。だが、保留するにしても『フィルチ伯爵家には解消の意思がある』という一報があってもおかしくない。

「それで、お嬢様は婚約が解消されないことに責任を感じていらっしゃるんですか？」

「…………」

ごく当然の質問を返してきたロレッタに、ジゼルは黙ってしまう。

――ジゼルの本当の悩みは、ある意味で『逆』なのだ。

「……嫌だな、と思ってしまったの」

数秒の間をおいて、蚊《か》の鳴くような小さな声がこぼれた。

ジゼルが悩んでいたのは……これを〝セオドアに伝えてしまいたい〟と思ったことだ。

「――セオドア様と、彼女の婚約が、嫌だなと思ってしまったのよ」


声は小さいが、以前よりもずっと滑舌《かつぜつ》のいいジゼルの発言は、しっかりとロレッタの耳に届いたようだ。ぱっと両手で唇を押さえた彼女の頬に、朱色がのぼっていくのが見える。

「あまり人様を悪く言いたくはないのだけど……あの方の態度は、良いものとは思えなかったから。あの方がセオドア様の隣に立つのかって考えると、なんだかモヤモヤして」

「そ、そうですね！　確かに、貴族としての教養を疑いたくなる態度でしたから」

「わたしも、決して人のことは言えないけれどね」

乾いた笑いをこぼすジゼルに、ロレッタは妙に明るい声で返してくれる。心なしか、彼女の瞳が輝いているようにも感じられた。

「でも、ロレッタの言う通りよね。部外者のわたしたちは、静観すべきだわ」

「はい、お嬢様はそうしておられましたね」

これが先ほどの話に繋《つな》がるが、静観していたところ、二人に婚約解消の兆《きざ》しはなかった。

ケイリーが解消したいと思っていても、ジゼルがモヤモヤしていても。家同士の婚約は、そう簡単には切れないのだ。

「あの、お嬢様は〝どうされたくて〟悩んでいらっしゃったのですか？」

「それがわからなくて、悩んでいたのかもしれないわ」

「え、ええー……？」

情けなくも正直に答えるジゼルに、なんとも残念そうな声が落ちる。命を懸けて仕えると言った主がこれでは、やはりロレッタをガッカリさせてしまっただろうか。

「本当にわからないのよ。正直に伝えたいのが一番強いと思うんだけど『他に恋人がいるから別れて』って婚約者に言われたら、セオドア様は嫌な思いをするでしょう？」

「まあ、浮気ですからね。いくら利害関係で結んだ婚約でも、いい気分はしないかと」

「でも、このままじゃ心がこちらにない相手を伴侶《はんりょ》にすることになっちゃうじゃない？　それで幸せになれるとも思えないし……難しいなって」

彼女に直接会ったジゼルとしては、セオドアとケイリーの婚約にできれば反対したい。

しかし、貴族の利害のための結婚も理解している。何より、自分は部外者だ。

……というようなことを、五日もモヤモヤと悩んでしまっていた。

「――わたしはただ、セオドア様に笑っていてほしいだけなのに」

無意識でこぼれた呟《つぶや》きに、ロレッタが息を呑《の》んだ。

「それが、お嬢様の望みですか？」

「え？　……そうね、そうかもしれないわ。セオドア様は笑っている顔がとても素敵だから」

あの輝くような笑顔が曇ると思うと、どうしても嫌だった。

ああ、なんだ。口に出してみれば、意外と単純な悩みだったらしい。

「彼が今みたいに笑ってすごせるように、そういう方と婚約を結んでほしいのよ」

できれば保有魔力量が多くて、補充作業に協力的ならなおよしだ。それならジゼルも、安心して辺境伯領を去ることができる。

「今みたいに、ですか……」

一方ロレッタは、何やら真剣に考え始めてしまった。ジゼルのために情報収集を怠《おこた》らない彼女なら、セオドアに相応《ふさわ》しい令嬢に心当たりがあるのかもしれない。

（わたしたちは出しゃばるべきではないけど、最初から浮気している女性との結婚は薦めたくないわ。セオドア様も、他の方とのほうが幸せになれるはず）

いくら立地的に最適だからといって、フィルチ伯爵家に固執するのはもったいない話だ。そう頻繁に里帰りをすることもないので、多少実家が遠くても性格が合うほうがいい。

第一、ジゼルたちが婚約解消を提案したとしても、選択権はセオドアたちにある。

「所詮《しょせん》、お節介な一意見だもの。セオドア様に相応しい人がいるといいんだけどな」

特に意識するでもなく、独り言のつもりで呟く。

——扉一枚隔《へだ》てた廊下で、かすかに人の気配がした気がした。

＊　＊　＊

「え？　明日街に、ですか？」

その日の夜、ジゼルとロレッタに告げられたのは、少々急なお誘いだった。

「はい。大変遅くなりましたが、ぜひジゼル様にも我らの領をご覧いただければと。……近くの街のご案内は、できておりませんよね？」

「そうですね、連絡通路や砦《とりで》にはお邪魔しましたが。ロレッタは街まで行った？」

「マナ家具を探している時に周囲を少し見ましたが、それだけですね」

ジゼルたちの返答に、話を持ってきた侍女は真《ま》っ青《さお》な顔色になった後、深々と頭を下げた。

「窮地を救っていただいたにもかかわらず、配慮が足りず申し訳ございませんでした。大恩あるお方を、ずっと客間に閉じ込めていたなんて……」

「あの、大丈夫ですよ。そんなに気にしないでください」

腰が心配になりそうな角度で礼をする侍女を、慌てて止める。

ジゼルはもともと引きこもり生活で、自領の街すら詳《くわ》しくないのだ。

（今のほうが活動的なぐらいだわ。屋敷の敷地内は自由に動いていいと許可をいただいたし）

もっとも、どうしても不安が付きまとう体質のため、ほどほどで留《とど》めていたのだが。

（けど、街か……興味はもちろんあるわ！）

車椅子ではなく、自分の足であちこちを歩くのはジゼルの目標の一つだった。

適当に店を探してみたり、少々はしたないが『買い食い』という行為も一度ぐらいはやってみたいと思っている。

「わたしはぜひ行ってみたいけれど、魔力は大丈夫だと思う？」

「例の特製馬車で消費しながら向かうとして、滞在時間によっては、別の消費先も用意したほうが安全かもしれませんね」

ロレッタは懐《ふところ》から小さな手帳を取り出すと、魔力消費量の多いものをいくつか提案してくれる。空っぽにするのは難しいが、できれば馬車の分以外は使い切ってから向かいたい。

「実は住民に報《しら》せを出してあります。マナ設備を補充できるよう準備してほしい、と」

「えっ？　それはすごいですね！」

民に気軽に協力を依頼できるところは、距離感の近いこの領ならではだ。

（まあ、徴収じゃなくて提供だものね。無料で魔力提供は、怒られることもあるんだけど）

ジゼルは自身の健康と交換しているので、細かいことを言うつもりはない。

「とにかく、お嬢様は行く方向でよろしいのですね？」

「ええ、魔力が大丈夫ならぜひ行きたいわ」

「ありがとうございます！　ではまた明日、担当の者が迎えに参りますね」

了承にぱっと顔を輝かせた侍女は、礼だけはきっちりしてから、すぐに去っていった。

急いで退室したというよりは、妙にうきうきしていたような印象を覚える。

「何かあるのかしら？」

「案内担当の方が、よほどお嬢様と出かけたかったのではないですか」

「わたしと？　魔力が必要なら、直接来てくださったほうが早いと思うけど」

「……そんな理由だと思うのは、お嬢様だけですよ」

呆れたように息をこぼすロレッタに、ジゼルは首をかしげる。

ジゼルに用があるなら、間違いなく魔力目的だ。わざわざ街に行きたいということは、どこかの設備か、あるいは店で補充が必要なのだろう。

(目的が何でもいいわ。わたしも知らない場所へ行けるのは嬉《うれ》しいもの！)

ここ数日は健康な時間を無駄にしてしまっていたので、ちょうどいいお誘いでもある。

「気分転換にもぴったりよね。ロレッタ、明日の服や化粧をお願いしてもいい？」

「もちろんです、お嬢様。気合いを入れて臨《のぞ》ませていただきますよ」

「それとね、できれば明日は、爪紅《つまべに》も塗ってみたいのだけど」

「いいですね！　派手な色はありませんが、いくらかご用意してますよ。お好みのものがなければ、明日の外出で見繕《みつくろ》ってきましょう」

最近は寝間着ではなく普通の服ですごすことがほとんどだが、万が一倒れた時に問題がないよう、華美な装いはしないようにしている。

しかし、目的が外出なら話は別だ。令嬢として相応しい装いをしなければ、逆にバークレイ伯爵家の名を貶《おとし》めることになるのだから。

(わたしだって、少しはお洒落をしてもいいわよね)

「楽しみですね、お嬢様」

「ええ！」

ジゼルもそわそわした気持ちを抱《いだ》きながら、その夜は爪の準備をしてから眠りについた。

そうして迎えた翌朝。食事と身支度《みじたく》を終え、出かける前にマナ武器やタンクの補充を済ませていたジゼルを迎えにきたのは――想定外の人物だった。

「………え？　セオドア、様？」

「ああ。おはよう、ジゼル嬢」

扉を開けて迎え入れたロレッタも、固まっている。

まさか、まさか。婚約者についての思いを話した翌日に、彼と出かけることになるとは。

(いくらロレッタが一緒でも、わたしと出かけるのは駄目でしょう!?)

昨夜から膨《ふく》らんでいた期待が、一気に弾《はじ》けてしまった気分だ。

確かにジゼルを連れてきたのはセオドアだが、責任をとるべき場所は選んでほしい。死にかけの小娘でも、こちらは年頃の令嬢（仮）なのだから。

（まず案内役って、街の住民にお願いするのが普通じゃないの？　領主のご子息直々《じきじき》になんて、よほどの事態じゃなければないはずよ）

よほどの、とは要するに王族クラスの客人だ。ジゼルはもちろん該当しない。

「どうして……」

思わずこぼれた言葉に、セオドアがぴくりと肩を震わせる。続けて、どこか寂しそうに視線をよそへ向けた。

「俺が嫌なら、すぐに別のやつを連れてくる。ジゼル嬢は、嫌か？」

「あっ、い、嫌なわけではありません！　驚いてしまっただけで……」

「そうか！　じゃあ、俺が案内役でもいいか？」

「えーっと……お願い、します？」

とっさに承諾《しょうだく》してしまってから、後悔が襲ってくる。ここが断れる最後の機会だった。今なら常識のある貴族令嬢らしくふるまえたのに、何をやっているのだか。

（だって、急に嬉しそうな顔をするんだもの……）

「そうか」と言った瞬間、彼は驚くほど嬉しそうに目を輝かせた。あの眼差《まなざ》しは裏切れない。

（それに、服もいつもと違うもの。ちゃんと準備をしてきてくださったんだわ）

今日のセオドアは、暗紅色の仕立てのよい上着に、薄灰色の縦ストライプスラックスを穿《は》いている。靴はブーツではなく洒落た革靴だ。中に着ているのも白茶の柔らかいシャツで、赤ワインのような色のクラヴァットを合わせている。

全体的に落ち着いていて、貴族の紳士という言葉をそのまま人にしたような装いだ。いつも元気よくハネている毛先も、今日は心なしか大人《おとな》しい。

「……変か？」

視線に気付いたのだろう。彼も自身の装いに目を向けてから、照れくさそうに笑う。

「とてもよくお似合いです。いつもと雰囲気が違いますが、こういう装いも素敵ですね」

「そ、そうか！」

ジゼルが正直に答えると、セオドアはホッとしたように胸を撫《な》でおろした。……どうやら、彼もあまり慣れていない装いらしい。

「でも、その……意図せずお揃《そろ》いみたいになってしまったなあ、と……」

今度はジゼルが、自分のスカートの裾を持って見せる。

ロレッタが着つけてくれたのは、白地のワンピースに苺色《いちごいろ》の上着を合わせたものだ。

どちらもフワフワとした柔らかい作りで、ワンピースはコルセットを締めない代わりに腰に藤色のリボンベルトをつけて、スカートがきれいに広がる形になっている。裾を飾るのは二重のフリルだ。

上着は前を閉めない形のもので、襟や袖は曲線で仕上げ、端には愛らしい花柄刺繍《ししゅう》が施されている。胸元はシンプルに、ベルトと同じ色のリボンタイにカメオブローチを留めた。

セオドアと同様に、落ち着いた赤系の上着に白系の服を合わせている。形に違いはあれど、これではどう見てもお揃いである。

「はは、確かにそうだな！　珍しいこともあるもんだ」

「すみません。本当に狙ったわけではないのですが……」

ロレッタに視線を向けても、ぶんぶんと大きく首を横にふって返す。衣装を決めたのは今朝のことなので、彼と事前に打ち合わせするのは不可能だ。

(第一、セオドア様が案内役だなんて知らなかったもの。もし知っていたら、昨日の内に案内そのものを断っていたわ)

まあ、揃ってしまったものは仕方ない。今から着替えて待たせるぐらいなら、このまま出かけるべきだ。服の色が同じだったところで、別に害はないのだから。

こっそりセオドアの様子を見つめていると、彼はまたふわりと目元を和《やわ》らげた。

「あんたもよく似合ってるな。その髪型も」

「あ、ありがとうございます」

世辞っぽさのない褒《ほ》め言葉に頬が熱くなる。本当は髪を巻いたりしてみたかったのだが、ジゼルの癖がなさすぎる髪質ではうまくいかず、今日は全体で一本の三つ編みになるようにまとめてもらっている。毛先がばらばらしないので、よりお淑《しと》やかな印象になる髪型だ。

(大人しすぎるかとも思ったけど、似合ってるならよかった……)

「さて、じゃあ行くか」

セオドアは一つ頷《うなず》いてから、当たり前のようにジゼルに左手を差し出してきた。

問うまでもなく、エスコートのための手だ。

「あの、これ……」

「あ、腕を組むほうが楽か？」

「いいいいえ！　組まなくていいです、はい！」

食い気味に断ってから、恐る恐るジゼルも手を重ねる。何を隠そう、移動は基本車椅子だったジゼルは、エスコート初体験である。

(何度も横抱きされたんだから今更《いまさら》だけど、エスコートだって思うと、やっぱり恥ずかしい！)

手を引かれなくても歩ける歳《とし》の人間に手を差し出すのは、相手を丁重に扱っているという証《あかし》だ。つまりは、セオドアがジゼルを大切にしてくれているということ。

実際に、歩幅もジゼルに合わせてくれている。貴族なら当たり前のことだとわかっていても、どうしても恥ずかしくてそわそわしてしまう。

「あんたの手、細くて小さいよな」

「そう、ですか？」

彼の指先に軽く撫でられた感触があって、ジゼルも重ねた手を見てみる。

身長はそれほど高くないセオドアだが、手や足はやや大きめだ。剣を握り、戦ってきた者の特徴だろう。触れている手のひらも、皮が厚くてゴツゴツしていた。

「セオドア様は、逆に大きくて硬いですね」

「あー……手袋してくれればよかったな。気持ち悪いだろ、ごめんな」

「いえ、この手が骸獣からみんなを守ってこられたのでしょう。立派だと思います」

「そう言ってもらえると嬉しいな」

糸のように目を細めたセオドアに、ジゼルも釣られて微笑《ほほえ》む。

この大きくて硬い手を今支えているのが、ジゼルの白くてモヤシのような手だと思うと、なんだか不思議な気持ちだ。

やがて見慣れた馬車に辿《たど》りつくと、ここでもセオドアはちゃんとジゼルの手を引いて乗せてくれる。向かいにセオドア、隣にロレッタという懐《なつ》かしい席ふりだ。

他に御者が二人ついているが、護衛らしき者はいない。

「私どものみでよろしいのですか？」

黙ってついてきてくれたロレッタが訊《たず》ねると、セオドアは自慢するように胸を叩《たた》く。

「俺が二人の護衛だ。骸獣が大変な分、街の治安はいいのがうちの売りだからな」

「なるほど、共通の敵がいると団結力が高まるのはわかる気がします」

差し出がましいことを聞きました、とロレッタは頭を下げたが、その目はキリリとしたままで、窓の外を流れていく景色を検分するように見つめている。

大丈夫と言われても油断しない辺りが、実に彼女らしい。

(ロレッタは乗馬も得意だし、運動神経がいいのよね。いざという時に動けないのは、多分わたしだけだわ)

情けないと思う反面、代わりに馬車が快適なよう動力を出しているのはジゼルなので、適材適所なのだと思っておこう。せっかくの外出なのだから、『セオドアには婚約者がいる』ということ以外で自分を戒《いまし》めたくはない。

ほどなくして、自然豊かな道を抜けた馬車は、大きな街の門に到着した。

道中は辺境の名に相応しい田舎《いなか》の景色に思えたが、こちらは門構えからして立派だ。再びセオドアに手を借りて降りると、賑《にぎ》やかな人々の声が聞こえてくる。

「活気のある街ですね」

「実は少し前までは暗かったんだけどな。あんたが来てくれたおかげだ」

「あ、なるほど」

骸獣からとれる素材が主産業の一つと言っていたが、街にすぐに影響が出るほどなら、この領地の根幹事業だったようだ。

(それに、骸獣が倒せないのなら、いつ防壁を越えて襲ってくるかわからないものね。改めて、大変な土地なんだわ、ここ)

門の素材も硬い石のようだし、並んだ建物の造りもずいぶんと頑丈に見える。

だが防衛が大変な分、骸獣討伐さえ安定すれば、豊かなところなのだろう。通りを行き交う人は多く、どこも店先を大きく開いて品物を展示している。

「さてと、ここが領主の屋敷から一番近い街コスタなんだが、どうする？　今日はジゼル嬢の希望に添って案内するつもりで来たんだが」

「え、そうなんですか？」

てっきり端から説明をされながら回るかと思いきや、形式的なものではなかったようだ。

(どうしよう。街に行ったことがあまりないから、まず何があるのかを知らないのよね)

「えっと、すみません。何も考えていなかったです……」

「では、お嬢様。端からのんびり見学していかれてはどうですか？　気になったお店があれば、都度《つど》寄らせていただく形で」

「ロレッタ……！」

さすがは敏腕《びんわん》専属侍女、ジゼルの困惑を即座に察してくれている。ロレッタの提案にセオドアも納得したらしく、それならとのんびり街見学が始まった。

「おや若君、今日はめかし込んでどうしたんだい？」

「えらい可愛《かわい》い子を連れてんなあ！　セオドア様にもついに春が来たか？」

「お前ら元気そうで何よりだが、あんまり茶化すんじゃねえよ」

討伐部隊の兵たちの様子から想像はついたが、街の中に入ったセオドアは、あっという間に人々に囲まれてしまった。

態度も口調も非常に気安く、とても高位貴族の子息に向けるものとは思えない。

対するセオドアも、顔馴染《なじ》みと談笑しているといった様子で、咎《とが》めるような素ぶりもない。

ようは、いつもこんな感じということだ。

「ワイアットの人々は、本当に態度が軽いですね」

「そうね。わたしたちのほうが驚くわ」

ジゼルにも敬語を使うロレッタは、何とも言えない表情で一歩引いている。領地によって差はあるだろうが、ここまで気安いところもそうはないだろう。

「んで、お連れのお嬢さんはどこの子だ？　メイドさんたちとは違うだろ」

「ああ、バークレイ伯爵家のジゼル嬢だ」

「ほあー、伯爵令嬢！」

セオドアが紹介すると、人々の目が一気にジゼルに集中する。

（ひいっ⁉）

衆目にさらされる経験の少ないジゼルからすれば、これだけでも脅威《きょうい》だ。挨拶《あいさつ》は昨夜練習したはずなのに、喉が詰まってうまく声が出てこない。

「……ジゼル・バークレイです。初め、まして」

なんとかこれだけ口にすると、サッとセオドアの陰に身を隠す。貴族として情けないことこの上ないが、人々は何故か微笑ましいものを見るように眉を下げた。

「これはまた、愛らし……慎《つつし》み深いお嬢さんだね」

「おれもこんな可愛い子に頼られる人生を送ってみたかったぜ……」

「がっつかないでくれよ。彼女はとても病弱で、あんまり外に出たことがないんだ」

「深窓《しんそう》の令嬢ってやつか。この世に実在したんだな！」

お喋《しゃべ》りな彼らはポンポンと会話を続けているが、ジゼルに悪感情を抱いたわけではなさそうだ。顔を上げてセオドアを見ると、彼もこちらを安心させるように微笑んでくれた。

「そんで、なんでまた伯爵令嬢がコスタにいらっしゃったんだ？」

「魔力が切れそうなマナ設備があったら言ってくれって伝えただろ？　ジゼル嬢が〝そう〟だよ。ワイアットの救世主だ」

「いえ、それは大袈裟《おおげさ》で……」

「あんたがそうだったのか！　こんなちっさくて可愛いお嬢さんだったとは！」

（ええっ、街にもわたしのことが広まってるの⁉）

セオドアの一声で、人々からワッと大きな歓声が上がった。

喜びは次々に伝播《でんぱ》していき、通りを歩いていた買い物客たちもどんどん集まってくる。

「おいおい、何の騒ぎだ。お、若君じゃないか」

「ほら、一緒にいるお嬢さんが、討伐部隊を助けに来てくれた方なんだってよ」

「そうなのか！　そりゃあオレたちも礼をしないと」

(待って待ってー!!)

明るい空気なのは間違いないが、人混みに慣れていないジゼルからすれば、囲まれること自体がもう恐怖でしかない。とっさにセオドアの腕を掴《つか》むと、彼は幼子を宥《なだ》めるように「大丈夫だぞ」と肩をポンポン撫でてきた。

(ロレッタは!?)

彼は当てにならないと頼れる侍女を探せば、彼女は何故か少し離れたところからこちらを観察している。街にジゼルの名が広まって嬉しいのか、顔は誇らしげだ。

駄目だ、こっちも頼りにならない。

「あの、わたし……」

「お嬢さん、よかったらうちの野菜を持っていってくれ。ほんのお礼だ」

「うちの肉もだ！　あんた細っこいから、この領地で沢山食べて、元気になってくれよ」

(この人たちも話を聞いてくれない……)

一人が店に戻ると、『うちもうちも』と店主たちは次々に店に戻っては、品物を見繕ってジゼルに差し出そうとしてくる。しかも一つ二つではなく、単位が木箱だ。

「セオドア様、困ります。わたしは、ここまでしていただくようなことは……」

「いや、俺は何も言ってないぞ。全部あいつらの気持ちだ」

「こんなに受け取れません！」

「確かに、この量は馬車に乗り切らねえな！」

ジゼルが必死に訴えても、セオドアは笑って流すばかりだ。

どうしたらいいかわからなくて、ジゼルの視界が滲《にじ》んできた辺りで、ようやく彼は本当に困っているのだと気付いたらしい。

「あー……悪いお前ら。気持ちはありがたいが、あんまり沢山もらっても困るみたいだ。ちょっと減らしてから、屋敷のほうに届けてくれるか？」

セオドアがそう呼びかけると、木箱を抱えていた店主たちは苦笑を浮かべてから、ぞろぞろと自分たちの店へ戻っていった。

人がはけたおかげで、周囲の空気もさあっと涼しくなっていく。

「ごめんな。泣くほど困らせるつもりはなかった。街の皆があんたに感謝しているのは本当だから、知ってもらいたかっただけで」

「すみません、わたしもびっくりしてしまって……」

セオドアはおろおろと視線を彷徨《さまよ》わせた後に、胸ポケットからハンカチを取り出して、それをジゼルの目じりにそっと触れさせた。扱いに慣れていない、ぎこちない手つきだ。

「ありがとうございます」

「来て早々、本当にすまなかった。ちょっと座って休むか」

セオドアはそう言うと、慎重にジゼルの手を引いて近くのベンチに座らせた。周囲にいた人々も、空気を読んで離れてくれている。

「……コスタはマナ噴出地帯に一番近い街だから、骸獣の影響も強くてな。討伐できなかった俺たち同様、あんたにはすごく救われているんだ」

ジゼルの前にしゃがみながら、セオドアはゆっくりと話し始める。いかにこの街が困っていたか。そして、討伐が叶《かな》って救われたかを。

「それで今日、わたしをこちらへ？」

「いや、最近元気がなさそうだったからさ。気分転換ができればと思ったんだよ。けど、街のやつらの声も聞いてほしかったんだ。あんたは心から歓迎されているんだって」

きゅっと手を握られて、熱い体温が伝わってくる。彼のまっすぐな声は体の奥にも届くようで、お腹《なか》まで温かく感じた。

「お気遣いいただいたのに、すみません……」

「いやいや、急に囲まれたら怖いよな。俺はいつも自分の基準で考えちまうから……ガキみた荷物が増えて歩くのが余計に遅くなってしまう。

何かと言っても、周囲にあるのはほとんどが材料を扱っている店だ。今奢ってもらっても、

そう言って、セオドアはきょろきょろと視線を動かす。

いで恥ずかしいな。お詫《わ》びに何か奢《おご》らせてくれよ」

「……あ」

ジゼルも店を探してみて、通りの奥にちょうどいいところを見つけた。小さな店舗だが、掲げた看板には『クレープ』と書いてある。

（お菓子ぐらいなら、奢っていただいても大丈夫かしら）

提案しようとすると、ちょうどセオドアも同じ店を見つけたようだ。スッと立ち上がり、

「すぐに買ってくる」と言い残して走り去ってしまった。

「……あの方、お嬢様の護衛じゃなかったでしょうか」

「まあまあ。見たところ、本当にみんないい人みたいだし大丈夫よ。人目もあるしね」

距離を置いていたロレッタが、呆れた様子で近くに戻ってくる。

先ほどセオドアに紹介されたばかりの伯爵令嬢を、こんな目立つところでどうこうしようという輩《やから》もいないはずだ。

「でも、買ってくるって言ってらしたわね。お皿や食器を持ってきてもいいのかしら」

「クレープは最近、丸めて持ち運べる形で売られていることも多いそうですよ」

「そうなの？」

皿に載った姿しか知らないジゼルには初耳だ。新しいものを見られると思うと、つい期待してしまう。

「お待たせ」

ほどなくして、セオドアは相変わらずの俊足《しゅんそく》で戻ってきた。手にしているのはロレッタが言った通り、生地を丸めて包み、持ち運べる形にした筒状のお菓子だった。

「二人は甘いのにしたけどよかったか？　こっちは肉入ってるやつなんだが」

「おや、私の分までありがとうございます。お嬢様、大丈夫ですか？」

「もちろんです」

受け取ったクレープはまだ温かく、とろりとしたカスタードと果肉の豊富なジャムなどが覗いている。とても美味《お》しそうだが、他に付属品はないようだ。

「あの、これはどうやって？」

「そのままかぶりつくんだよ。やったことないか？」

「な、ないですね」

もともと小食で口も小さいジゼルは、パンもちぎるし果物も一口大に切ってもらって食べるものだと思っている。サンドイッチすら、ナイフで小さく切って食べていたのだ。

「……はしたなくないかしら」

「問題ありませんよ、お嬢様。これが『買い食い』の醍醐味《だいごみ》です」

「はっ、そうね！」

言われてみれば、これはジゼルが挑戦したかったことの一つだ。

そっと口をつけると、卵の優しい味と果物の甘味が口いっぱいに広がる。これぞ、背徳の甘さというやつだ。

「なんだか、悪いことをしている気分です……！」

「うん、俺もいけないこと教えてる気分になってきた……」

初買い食いに浮かれたジゼルは、もくもくと甘い筒をかじり続ける。

すぐ傍《そば》で額を押さえているセオドアと、嬉しそうに成長を見つめるロレッタに気付いたのは、すっかり食べ終わった後だった。


「ごちそうさまでした」

一人遅れて完食したジゼルを、「どういたしまして」と微笑ましい空気が迎えてくれる。

ロレッタなどは一人前食べきれたことをとても喜んでいるので、今後はもう少し食べる量を頑張ってみてもいいかもしれない。

「さて、じゃあ行くか。……体調は大丈夫か？」

「はい、今のところは」

「もし少しでもキツくなったら、遠慮せずにすぐ言ってくれ。街のやつらにも話してあるし、我慢して具合が悪くなるほうが大変だからな。絶対だぞ？」

「わ、わかりました」

何度も念を押してくるセオドアに、ジゼルも強く頷いて返す。なんだか実家の皆を思い出すような過保護ぶりだが、そんなに虚弱に思われているのだろうか。

(最近は健康だったはずだけど。でも、我慢して倒れたら、それこそ迷惑だものね)

改めて反省しつつ、彼に手を引かれながらゆっくりと歩き出す。到着してすぐにも思ったが、非常に活気があって賑やかな通りだ。

店先に並ぶ品々も種類が豊富で、野菜や果物などは丸々ツヤツヤとしており、料理ができないジゼルにも質がいいのが一目でわかる。

「何か気になるものはあったか？」

「といいますか、街に出ることが滅多《めった》になかったので、見ているだけで楽しいです」

「はは、そりゃよかった」

人々も皆こちらに笑顔を向けてくれるので、ますます楽しくなる。明るい声で挨拶をされれば、元気を分けてもらっているような気分だ。

「おーい、若！　ちょっといいかい？」

のんびり眺めていると、一際大きな声で呼び止められる。手を大きくふりながら声を上げているのは、先ほど食べたクレープの店の女性のようだ。

「おう、どうした?」

セオドアが歩み寄ると、恰幅《かっぷく》のいい女性は眉を下げながら店の奥に視線を向ける。

「補充できるマナ設備があったら準備してくれって言ってただろ? うちの備品がちょっともたなそうだから、よかったら見てもらえないかと思ってね」

「ああ」

ジゼルたちも倣《なら》ってそちらを見ると、大型の保冷庫と丸い鉄板が見える。どうやら持ち帰りのクレープだけでなく、店内で他の軽食も食べられる店のようだ。それなら、要冷蔵の材料も多いだろう。

(鉄板もマナ設備ね。熱が均一になるから、火より好まれることがあるって本で読んだわ)

「ジゼル嬢、頼んでも大丈夫か?」

「もちろんです。消費できる分には、わたしもありがたいですし」

「本当に助かるよ、お嬢さん。ありがとう! 後でお屋敷のほうにお礼を送っておくよ」

彼女に断って中に入ると、設備に繋がったタンクが準備されている。この程度なら、数分とかからずに補充できるはずだ。

「それにしても、若がこんなにめかし込んでいる姿なんて、あたしは初めて見たよ。よっぽどお嬢さんにいいところを見せたかったんだろうねぇ」

「えっ!?」

突然セオドアの話題をふられて、補充管を落としそうになってしまう。驚くジゼルに、女性は笑みを深めながら続ける。

「若がちっちゃい頃からここで店やってるけど、いつ見ても討伐に行くための格好ばかりだよ。暑い時期なんて上に何も着てなかったりね。こんなお貴族がいるもんだとこっちが驚いたぐらいさ。けど、ちゃんとした格好を見せたい相手がいるんだね。安心したよ！」

「そ、そうなんですね」

それ以外には何も言えず、ジゼルは手早く補充を終えて二人のもとへ戻る。

……セオドアの顔は、びっくりするほど真っ赤だった。

「セオドア様？」

「いやまあ、めちゃくちゃ頑張ったけど……わざわざ言わなくてもいいだろ」

（そんなに頑張ったんだ……）

衣装に慣れていないようには見えたが、そこまでとは思わなかった。健康な貴族なら盛装する機会などいくらでもありそうだが、この地はそれどころではなかったのかもしれない。

「いつもの服装でも大丈夫でしたのに」

「あんたをエスコートするのに、ボッサボサで隣に並ぶようなダサいことできねえよ」

「あはは！　男は格好つけたいもんなんだよ、お嬢さん。察してやんな！」

赤面したまま呟くセオドアに、彼女のカラカラとした笑い声が重なる。揶揄《やゆ》しているというよりは、応援しているような明るさだ。

「セオドア様はいつでも素敵ですよ？　この領地のために命を懸けて戦っている方が、ダサいはずがありません。乱れたり汚れたりしていても、わたしは気になったことはないです」

なのでジゼルも、擁護《ようご》を兼ねて思ったことを口にしたところ、何故かセオドアは両手で顔を覆《おお》って俯《うつむ》いてしまった。

（あれ!?）

店の女性やロレッタを窺《うかが》えば、彼女たちはニコニコと嬉しそうに笑っている。間違ったことを言ったわけではなさそうだが、うまく擁護はできなかったらしい。

「すみません。何か、余計なことを言ったみたいで」

「余計じゃない。全然余計じゃない！　……あの、ありがとな」

「そう、ですか？」

耳まで赤く染めたセオドアが強く首肯《しゅこう》するので、そういうことにしておく。やっぱり人付き合いは引きこもりには難しい。

とにかく、長居をしては邪魔になる、と三人は彼女の店を後にする。ジゼルたちが離れると早速別の客が集まって話し始めたので、今のやりとりは皆にも広がってしまいそうだ。

「どうしましょう。あの店主さんを止めたほうがよかったですか？」

「あー……いや、いいよ。別に恥ってわけでもないしな」

（まだ頬が真っ赤なのに、恥ではないんだ……？）

まあ、彼らの気安さは信頼からくるもののようなので、本当にセオドアの恥であるなら意味もなく広めたりはしないだろう。

では何故、セオドアはこんなに過剰《かじょう》な反応を見せたのかと考えていると……先導するように手を引いていた彼が足を止め、くるっとジゼルに向きなおった。

「セオドア様？」

「俺、こういうことうまく言える性格じゃないから、あれなんだが……」

セオドアは眉間《みけん》に皺《しわ》が寄るほど強く、ジゼルを見つめてくる。あまりの視線にジゼルが口を噤《つぐ》んでしまうと、ふーっと深く息を吐く音が聞こえた。

「あんたはいつも可愛いから、ちゃんと隣に相応しい格好をしたかったんだ。だからめかし込んできたんだが……今日のあんたは特別きれいだから、どうしようかと思った」

「――っ!?」

突然始まった褒め言葉に頬が熱くなる。まるで、触れた手から彼の高揚が移ってきたように。

そんなジゼルの様子に、セオドアはへにゃっと表情を崩した。

「はは、顔真っ赤だな。俺なんかの言葉で照れてくれる女の子がいるとは思わなかった。……本当に可愛いなあ」

重ねていただけの手に、わずかに力がこもる。そのまま目線の高さまで持ち上げられると、セオドアの唇がジゼルの指先にそっと触れた。

「俺たちのために、お洒落してくれてありがとな、ジゼル嬢。俺、今日の支度を頑張ってよかったよ。二人のこういう姿を大事なやつらに見てもらえて、すごく嬉しい」

「えっ……は、はい……!?」

一瞬で起こったことにジゼルが固まってしまうと、セオドアは軽く笑ってから、再び手を繋いで歩き出した。何事もなかったかのように、ごく自然に。

(いや、待って、今のは何だったの!? どういう意図!?)

手の甲や指先への口づけは、淑女に対する『挨拶』だ。そう頭ではわかっていても、いきなりされたらたまったものではない。

だいたい、何故今、この瞬間にする必要があったのか。

(こっちは耐性ゼロの引きこもりなのよ!? いきなり貴族令息らしいふるまいなんてされても、どう反応したらいいかわからないわ!?)

混乱しつつも、エスコートは続いているので足は前へと進んでいる。無意識でも転ばない程度のゆっくりした歩調なのが、今は少し恨めしい。

「……ご令息。うちのお嬢様をたぶらかさないでくださいますか？」

「たぶらかすなんて器用なこと、俺ができるかよ。これは浮かれてるだけだよ」

「さようで」

斜め後ろのロレッタから聞こえる抗議の声も、右から左へ流れてしまう。

何か言うべきか、止まってもらうべきか。手から伝染した熱は体中に広がって、心臓がひどくうるさい。

はくはくと空気を求めて唇を震わせていると、セオドアが再びふり返って、思わずといったように噴き出した。

「くくっ……いや、悪い。えっと、大変そうだし、俺が抱いて運ぼうか？」

「それは結構です!!」

ジゼルが反射で絞り出した答えに、背後から深いため息が聞こえた。

結局その後も案内は続き、ジゼルに合わせたゆったりした歩調であちこちを見せてもらった。

やはり皆セオドアには親しげで、ジゼルには大袈裟なほど感謝をしてくるので困ってしまったが、街の見学自体は本当に有意義な時間だったといえる。

彩り《いろど》豊かな景色に、賑やかな喧噪《けんそう》。実際に体験する人々の営みは、本や書類で見る数字のそれよりも、ずっと勉強になった。

懸念していた体調も、途中途中で店のマナ設備に補充をしながら回ったので、倒れるようなことはなく済んだ。これは先に報せを出しておいてくれたことが大きかっただろう。

本来なら遠慮して言い出してくれなさそうな人々も『そういう報せが領主家から出ていたから』という理由で準備してくれたので、ジゼルとしてもとてもやりやすかった。代わりに全力で感謝されたが、これは素直に受け取っている。ジゼルのあり余る魔力が役に立てるのなら、嬉しい限りだ。

そんなこんなでジゼルたちが屋敷に戻ってきたのは、日が落ちるような夕刻だった。

「セオドア様、今日は本当にありがとうございました」

「こっちこそ、色々ありがとな。少しでも気分転換になったなら何よりだ。あんたあてに色々もらっちまったから、しばらくは食事も豪勢だぞ」

「あはは」

ジゼルたちを客間までしっかりエスコートした彼は、繋いだままのジゼルの指先を優しく撫でる。……名残《なごり》を惜しんでいるのかと錯覚してしまうように。

「セオドア様？」

「……いや、なんでもない。また夕食でな」

訊ねたジゼルに苦笑を返した彼は、パッと手を離すと、そのままブンブンふりながら去っていった。扉が閉まる最後の瞬間まで、嬉しそうに笑って。

「お疲れ様でした、お嬢様。念のためタンクを用意しますか？」

「まだ大丈夫だと思うわ。ありがとう」

上着を預けてベッドに腰掛けると、歩き回っていた分の疲労がどっと圧《の》し掛かってくる。

けれど、この怠《だる》さは発熱時とは違い、心地よさすら覚えた。

「ねえ、ロレッタ。どうしよう」

「何か問題がありましたか？」

上着をかけてきたロレッタは、すぐにジゼルの傍に戻ってきてくれる。彼女のことは信頼しているし、一緒にいると安心できる。ジゼルは、ロレッタのことが好きだ。

——けれど今日、二人でいる時に感じる気持ちが〝ロレッタとは違う〟と気付いてしまった。

「……わたしね、今日、とても楽しかったのよ」

楽しかった。胸が弾んだ。……彼と、もっと一緒にいたいと思ってしまった。

もちろん、街の景色や人々との談笑が魅力的だったのも確かだ。

だが、それよりも、ジゼルを引っぱってくれる触り心地のよくないあの手を、素敵だと思ってしまった。

からかうように笑った女性店主の言葉を、都合よく解釈したいと。セオドアの照れた様子や、めかし込んで来てくれた理由も——ジゼルと、同じように思ってくれたら、と。

もの知らずなジゼルでも、この気持ちの名前ぐらいはわかっている。

「やっぱり、行かなきゃよかったかな」

「お嬢様……」

ぼすんとベッドに転がったジゼルの頭を、ロレッタの手が優しく撫でてくれる。

彼女のことは本当に好きなのに、彼女には今日のようにときめかないのだ。

これが答えなのだから、余計に悲しい。

（婚約者について話した翌日に、気付くなんて）

これでは、ケイリーとの婚約解消を相談することはできない。こんな気持ちで話を持ちかけてしまったら『自分が相手になりたいからだ』という打算にしか聞こえないだろう。

家同士の契約に、部外者が口を挟むだけでも失礼極まりないのに。

「気付きたくなかったわ……」

目を閉じても、彼の楽しそうな様子が次々に浮かんでくる。

耳まで赤く染めた恥じらった表情も、こちらを試すような少し意地悪な目つきも。かすかに触れた唇が、思ったよりもずっと柔らかかったことも。

（あなたには婚約者がいるくせに……本当に、ずるい）

火が出そうに熱い頬は、『魔力が溜《た》まってきたからだ』と言えば、ロレッタは見逃してくれるだろうか。

5章　虚弱タンク令嬢は、できることを頑張ります

結局何の進展もないまま、辺境伯領での生活はまた数日が経過した。

ジゼルは客間で暮らしながら、日々マナ武器などに補充をしつつ健康にすごしている。

(このところ熱を出してなさすぎて、健康が当たり前になってきたわね)

十六年も常に微熱がある気怠《けだる》い体だったのに、今ではよく思い出せない。寝間着で人前に出ていたのも恥ずかしい話だ。

(病気が治ったわけではないから、気をつけなきゃいけないけど)

現に今も、屋敷の浴場のマナ設備用タンクに補充をしている。毎日どれだけ使っていても、ジゼルの魔力が衰える気配はない。

むしろ、片っ端から補充をしてなお平気なので、魔力総量が増えている恐れすらある。

(これ以上はいらないわよね……)

実家から特注タンクと共に届く手紙には、離れていてもジゼルが補充したタンクのおかげで安定した領地運営ができていると記されていた。

無駄遣《むだづか》いの王者たるバークレイ家が現状で足りているなら、これ以上増えてしまった場合、冗談抜きでジゼルの魔力が国の運営を支えることになってしまいそうだ。それはさすがにどうかと思う。

「よし、終わりです」

「ありがとうございました！」

補充管を離すと、タンクはすっかり満タンに光り輝いている。依頼してきた侍従たちは何度もこちらに頭を下げると、手際よく取り付けと動作確認作業を始めた。

今日予定していた補充作業は、ひとまず終わりだ。

「お昼ご飯までだいぶ時間もあるわね。ロレッタ、今日は他に予定があったかしら？」

「いえ、特にはありませんね」

ふり返れば、いつも通りロレッタが背後に控《ひか》えていてくれる。

相変わらず乗馬服に身を包む彼女は、少し考えてからニコリと口角を上げた。

「お暇《ひま》なら街へお出かけになりますか？　その際には声をかけてほしいと、ご令息から言付《ことづ》かっておりますが」

「結構よ」

明らかに含みを込めた提案に、ジゼルはさっと両手を挙げて拒否の×を示す。

ジゼルが自分の気持ちに気付いてしまってからというもの、どうにもロレッタはそれを推《お》し進めるような発言をすることが多くなった。

彼女も婚約が解消されていないことを知っているのだから、進めたら駄目だと思うのだが。

「客間へ戻《もど》りましょう。今日は実家から送ってもらった本の続きを読むことにするわ」

「嘘《うそ》はいけません、お嬢様。とっくに全て読み終わっているじゃありませんか」

「二周目を読み始めたのよ」

ジゼルの返答に、ロレッタはわかりやすく息を吐く。もちろん二周目というのは嘘だ。セオドアと出かけさせようとするロレッタの思惑に乗りたくないだけである。

(わたしは一生を独身で終えると決めているのよ。今更《いまさら》色恋にうつつを抜かしたりしないわ)

今は健康でも、いつ魔力暴走を起こすかわからないのだ。消費先が尽きた瞬間に死ぬような危うい娘を、誰かに押し付けてはいけない。

「私だって本当は嫌ですよ。ですが、お嬢様の願いを叶《かな》えるのが最優先事項ですから」

「だったらわたしの平穏のための提案をしてよ」

「平和な生活は充分楽しまれたでしょう？　でしたら次は、幸せのために動いてもいいと思うのです。読書をされたいなら、コスタの街へ新しい本を買いにいきましょう」

「間に合ってるわ」

何度断っても、ロレッタはしつこいぐらいに提案してくる。できれば彼女には強い言葉を使いたくないので、そろそろ諦《あきら》めてほしい。

「なんだ、ジゼル嬢は本が欲しいのか？」

――なんてことを考えていたら、まさに今一番会いたくない人物の声が聞こえてしまった。

顔をそちらに向ければ、反対側の廊下から歩み寄ってくるセオドアが見える。今日はいつもの軍装なので、戦場から戻ってきたところなのかもしれない。

「お疲れ様ですセオドア様。特にそういうわけではないので、気にしないでください」

「いえいえ、ご令息いいところに来てくださいました。外出したいので護衛をお願いします」

「どっちなんだよ」

否定がジゼルで肯定がロレッタだ。

こちらの意図など知らないセオドアは、「喧嘩《けんか》か？」なんて呑気《のんき》に笑っている。

「ちょうど骸獣《がいじゅう》の素材を届けに行くところだったんだ。荷馬車の御者席でいいなら、すぐにでも出かけられるぜ？」

「御者席ですか……わかりました。クッションを用意して参ります」

「ちょっと、ロレッタ!?」

ロレッタはわずかに迷った後、さっと踵《きびす》を返して客間へ走っていった。

こういう時に運動神経のいい者は反応が早くて困る。ポンコツなジゼルでは止めようがない。

「大丈夫か？　行きたくないなら、無理強《じ》いはしないが」

「いえ、新しい本を買えるのはありがたいです。……ロレッタが絶対に外出させるでしょうし」

「やっぱり喧嘩でもしてるのか、あんたら」

本気で心配そうな彼に、曖昧《あいまい》に笑って返しておく。まさかセオドアとジゼルの仲を進展させようとしているなんて、口が裂けても言えない。

何にしても、急な外出はほぼ決定だ。

(さっき補充したばかりだし、魔力がもってくれればいいけど)

セオドアの用意した荷馬車に乗るのなら、もう消費することができない。コスタの街の人々には以前話を通してあるので、最悪どこかでマナ設備を補充させてもらうしかないだろう。

(それと、服は……これで大丈夫かしら)

前回は事前にわかっていたのでめかし込んでいたが、今日は白いブラウスに紺色のスカートを合わせた普段着だ。髪だって下ろしたままだし、塗ってもらった爪紅《つまべに》も落としてしまっている。ケイリーが侍女と間違えたぐらいには、地味寄りである。

「わたし、着替えたほうがいいですか?」

「いや、充分可愛《かわい》いぞ?」

「え!? あ、ありがとうございます……」

身だしなみを聞いただけなのに、意外な返答をもらって顔が熱くなる。

悪気はないのだろうが、何の準備もなしに『可愛い』なんて言うのはやめてほしい。こちらはそんなこと、家の者たちぐらいにしか言われたことがない引きこもりなのだから。

ほどなくして、大きなクッションを三つも抱えて戻ってきたロレッタは『自分は旦那様へ送る荷物の準備があるので』と笑顔でのたまった。

つまり、ジゼルとセオドア二人で行ってこいということだ。

「この裏切り者……」

「どこがですか。私は誠心誠意、お嬢様のために尽くしておりますのに」

主人の意思に逆らう侍女の、どこが誠心誠意なのか。

(これまで介護してくれたことには感謝してるけど、それとこれとは話が別よ、もう)

「ご令息、お嬢様に傷一つつけぬよう、お願いいたしますね」

「承《うけたまわ》った」

セオドアはセオドアで、何の躊躇《ためら》いもなくロレッタと話している。

もともと、迅速《じんそく》な運搬のためにジゼルを横抱きして走っていた男だ。ジゼルのことなど、女とは思っていないのだろう。

「わたし、発育悪いものね……」

「どうかしたか?」

「なんでもありません」

ロレッタと別れてエントランスへ向かうと、素材を載せた荷馬車が外で待ち構えている。獣のような形が残っている欠片《かけら》も見えるので、骸獣だったもので間違いない。

「こっちだ」

手を引いて招かれたのは、荷台の前につけられた木製の狭い座席だ。渡されたクッションの一つをセオドアの席に、残り二つをジゼルの席に置いてから、揃《そろ》って乗り込む。

想像はしていたが、屋根のない吹きさらしの席は、貧弱な体には少し応《こた》えそうだ。

「でも、御者席って景色がいいですね」

「遮《さえぎ》るものがないからな。寒くなったら言ってくれ。俺の上着貸すから」

……本当に勘弁してほしい、この男。

ジゼルが気持ちに気付いてしまった今、もう『親切な人』では済まないのに。

(セオドア様って、こんなに気を持たせるような言動をする方だったのね。わたしのことなんて、きっと魔力供給役としか思っていないくせに……)

「よし、行くぞ!」

こちらの想いなど知らないセオドアは、うきうきした様子で手綱《たづな》をしならせる。

絶対に上着など借りてなるものかと気合いを入れて臨《のぞ》んだジゼルだが、天候に恵まれた御者席は、意外にも風が心地よく快適だった。

(この領地の景色は、本当にきれいね)

窓枠に隠されない一面の青空と、豊かに生い茂る緑。建造物の美しさとはまた違う穏やかな自然風景に、感嘆のため息がこぼれる。

奥に巨大な防壁がなければもっと最高なのだが、これぱかりは仕方ない。

（そういえば、大型骸獣はあの防壁に匹敵《ひってき》する大きさがあったわ。じゃあ多分、外からも見えていたのね……すごいところだわ、ここ）

直近では大型骸獣が連続して現れていたし、混乱した民が逃げ出してもおかしくない。しかしコスタの街の人々は、変わらずに営みを続けていた。実に強靭《きょうじん》な精神力だ。

（あんな恐ろしいもの見慣れないわよね。それだけ討伐部隊とセオドア様を信頼しているんだ）

ちらりとセオドアを窺《うかが》うと、彼は「ん？」と微笑《ほほえ》みながら首をかしげる。今の彼は、笑顔が似合う好青年にしか見えない。

（でも、やっぱりすごい人なんだわ）

少しだけ見惚《みと》れてから、ジゼルはゆるく首をふって返す。今のように、セオドアが穏やかに笑っていられる時間が続けばいいのに、なんて願いながら。

ゴトゴトと重たい音を響かせることしばらく。二人を乗せた荷馬車は、ゆったりした速度のままコスタの街の門に到着した。

しかし、セオドアは門の入口を通りすぎると、壁に沿って側面を進み始める。

「あれ、どちらへ？」

「あっちは商店街の入口なんだよ。素材の搬入はこっち」

どうやら街にも裏口のようなものがあるらしい。さらに十数分走らせたところで、先ほどの門よりも地味だが大きい入口が見えてきた。

人々の賑《にぎ》やかな声もここまでは届かず、同じ規格の無骨な石造りの建物がいくつも並んでいる。飾り気もなく、窓も換気用のものしかない辺り、恐らく用途は倉庫だろう。

「お疲れ！　ここ数日の討伐分を持ってきたぜ！」

セオドアが馬車を停めると、すぐにガタイのいい男たちが駆け寄ってくる。ジゼルに対して言及がなく、むしろ一礼をしてくれたので、こちらにも話が伝わっているらしい。

「じゃあ俺はこれを納品してくる。ここを見学しながら少し待っててくれるか」

「わかりました」

手を借りて御者席から降りると、ジゼルは邪魔にならないように彼らから離れる。見学と言われても、無関係な自分がうろついていい場所とは思えないが……。

（あ、マナ武器があるわ）

ふと視線を動かすと、倉庫の列の間にこじんまりとしたガラス張りの展示場のような小屋が見えた。刃の部分に鮮やかな色が混ざったそれは、毎日見ているので間違えようがない。

（見本の展示室かしら。魔力は込められていないみたいだけど、立派な品だわ）

一番よく見る長剣の他にも、槍《やり》の穂先など形が違うものがいくつも並んでいる。何故《なぜ》か包丁も置いてあるので、このとんでもなく硬い調理器具を使う料理人がいるのかもしれない。

(魔力を込めて使ってしまったら、材料がめちゃくちゃになりそうだけど……)

これも最近知ったのだが、魔力補充をする時に現れるのは幻だが、魔力を消費しながら引き出す力はマナ武器にしっかり影響するらしい。

赤い刃ならば敵が燃えるし、青い刃ならば水が一緒に切り裂くという具合。つまり、斬撃《ざんげき》と一緒に『魔術』を叩《たた》き込めるのがマナ武器なのだ。

とんでもなく頑丈で、追撃効果のある武器となれば、バークレイ家で宝のように飾っていたのも納得だ。ワイアット領での粗雑な扱いが異常なのである。

(ここまでやらないと攻撃が通らない骸獣が、一番異常だけどね)

本当に、とんでもないものに毎日触れている、と改めて自分の置かれた立場を考えていたところで……ジゼルの視界に予想外の光景が飛び込んできた。

「んん⁉」

それは、明るいガラスに映り込む恋人たちの姿。慌《あわ》ててふり返れば、同じ二人が肉眼でも見える。幻ではなくちゃんと現実だ。

ぴったりと寄り添い、仲睦《むつ》まじくイチャつく様は幸福の縮図そのもの。微笑ましい光景だが
――その片割れが〝ゼオドアの婚約者〟なら、話は別である。

(あの方、なんでこんなところに⁉)

毛先を巻いた長く艶《つや》やかな黒髪に、キツめの緑眼が印象的な美貌。一度しか会っていないが、強烈な記憶を刻みつけられたジゼルは忘れるわけがない。

セオドアとの婚約を解消したいと訴えてきた、ケイリーである。

今日は深紅《しんく》のフリルワンピースに身を包み、豊満な体の線を惜しみなく見せている。特に胸元と肩が大きく開いており、明るい時間に見るのは目に毒だ。

そして、腕を組んでイチャついている相手はもちろんセオドアではない。金髪碧眼《へきがん》の王子然とした美青年で、フリルと金刺繍《ししゅう》の多い服装から察するに富裕層の育ちだろう。

(観察は後よ。彼女とはもう一度、ちゃんと話さないと)

ジゼルは彼女の伝言を、まだ抱えたままだ。それを伝えた上で、婚約解消には家長の許可がいるのだと理解してもらわなくてはならない。

(こんなところに恋人と現れるなんて、よっぽど解消を急いでいるのかも。そもそも、どうしてここにいるのかしら?)

ここは街の主要通りからずいぶん離れているし、倉庫に客人を招くとも思えない。

(……とにかく、行こう。セオドア様が戻る前に)

たとえ家同士が決めた婚約者だとしても、他の男とイチャイチャしている姿を見せたくはない。幸いジゼルの存在には気付いていないようで、二人はふらふらと歩き回っている。

やがて、彼らが建物の陰に入ったところで、ジゼルは意を決して声をかけた。

「すみません。フィルチ伯爵家のケイリー様ですよね？」

「あら、誰かしら」

ジゼルの呼びかけにふり返った彼女は、やはりケイリー本人だった。ジゼルのことを頭からつま先までスーッと眺《なが》めると、嘲《あざけ》るように鼻で笑ってくる。

相変わらず、伯爵令嬢とは思えない失礼なふるまいだ。

「あの実は……」

「お、君はもしかして、ここの人かな？　厳《いか》つい男しか見つからなくて困ってたんだ」

話そうとしたジゼルを遮って、ケイリーの隣にいた男性が口を開く。彼女よりは話しやすそうだが、倉庫に来てわざわざジゼルのような小娘に話をしたいというのは、少々変だ。

「ここでなら特別な武器が安く買えるというから来たのだけれど、直販所はどこかな？」

「特別……マナ武器のことですか？」

「きっとそれだ。ここでしか採れない貴重な鉱石の武器だよ。僕もナイフを一本持っておきたいのだけど、目玉が飛び出るような値段がするんだ。産地でなら安く買えるんだろう？」

彼はマナ武器が骸獣から作られると知らないのだろう。この領にいなければ、素材を特殊な鉱石だと思うのも無理はない。

（婚約者の彼女が知らないのは妙だけど、恋人に隠しているのかしらね）

「えっと、わたしはここの者ではないので、マナ武器については存じませんね」

「ええー、そうなのかい？　ここの粗暴そうな輩《やから》とは、かかわりたくないんだよな」

「ちょっとあなた、いいから誰かと話をつけてきなさいよ！　こっちは客よ？」

（今ここの人間ではないと言ったばかりなのに……）

　ケイリーは今日も人の話を聞いていないらしい。

　だいたい、まっとうな客なら自分で話をしに行くはずだ。値段交渉をしたいならなおさら。それをしないでウロウロしていた辺り、彼らは勝手に敷地に入った可能性が高い。

「わたしにはできません。それより、ケイリー様の婚約についてお話ししたいんですが」

「婚約？　あなた一体何なのよ！」

「わたしは少し前に、あなたに伝言を頼まれた者ですよ」

　キツめの顔立ちをますます鋭《するど》くするケイリーに、ジゼルも退《ひ》かないようなんとか耐える。本音を言えば彼女とはもうかかわりたくないが、会ってしまったのだから腹を括《くく》るしかない。

　ここでちゃんと話さなければ、こんな女性がセオドアの隣に立つことになるのだから。

「……ああ、あなた。もしかして、あの屋敷の使えない使用人かしら？　わたくしにずいぶんと大きな態度をとるのね」

「わたしは使用人でも、ワイアット家の者でもありません。ですので、あなたの言っていた婚約解消のお話は、まだ伝えておりません」

「はあ？　本当に役に立たないわね！」

ケイリーは恋人と絡《から》めていた手を離すと、ヒールの音を響かせながらジゼルに近付いてくる。

「何度もわたくしの邪魔をするなんて、あなた何様のつもり？」

「少なくとも、わたしはあなたを敬《うやま》わねばならない立場ではありません」

「お黙り！　この役立たず!!」

赤い爪紅を塗った手が、ぶんっとふり上げられる。今日は扇子を持っていないのか、なんて場違いなことを考えつつも、ジゼルはギュッと目を閉じて――――。

（……あれ？）

しかし、少し待っても叩かれるような衝撃はやってこない。

恐る恐る目を開いてみれば――――そこにはとんでもない光景があった。

「むー！　むー!!」

「おお、いいね。この気の強さと理不尽な態度。こいつは絶対に金持ちの娘だ！」

（えっ誰!?）

なんと、ジゼルを叩こうとしたケイリーが、後ろから羽交締《はがいじ》めにされていたのだ。口にも大きな布が当てられて、悲鳴も出せなくなっている。

問題は、二人がかりでそれをやっているのが、見知らぬ黒尽くめの男たちだということ。

ここに勤める者とは明らかに雰囲気が違うし、セオドアの部隊の兵でもない。鼻から下を黒布で覆《おお》っているため、身元を隠しているようにも感じる。

(どう見ても、味方じゃないわよね……)

想定外の事態に、ジゼルは一歩後ずさる。

途端《とたん》に、一人の男が大型のナイフを取り出し、刃先をジゼルに突きつけた。

「……ッ！」

「動くな、声も出すな。わかるな？」

短い言葉だが、わかりやすい圧がある。

ジゼルが仕方なく頷《うなず》くと、彼は刃を出したままで自分たちに近付くよう促《うなが》してきた。

(わたしまで……でもまだ、この人の恋人が……って、ええ!?)

せめて救助の糸口に、と彼がいた場所に目を向ければ、視界に入ってきたのは豆粒のように小さくなった後ろ姿だけだった。

あんなにイチャイチャしていたのに、あっさりと恋人を置いて逃げるなんてありえない。ケイリーもまさかの事態に言葉を失っているようだ。

「はは、お前のために命は懸けられないってよ。そっちのやつも、大人《おとな》しくついてこい」

残念だが、この場は彼らに従うしかない。ジゼルが健脚の持ち主なら走って逃げられたが、それは難しい。何より、今ジゼルが離れたら捕まっているケイリーの無事が保障できない。

(彼女のことは好きになれないけど、怪我《けが》をさせるのも嫌だもの)

渋々《しぶしぶ》ながら建物の陰を歩くと、分厚い幌《ほろ》をかけた小型の荷馬車が停まっていた。

一人の男がジゼルたちを強引に荷台に連れ込み、もう一人が素早く御者席につく。幌をかけてしまえば、荷台に人が乗っているとは外から判別できないだろう。

（どうしよう……セオドア様！）

心の中で彼を呼ぶが、荷馬車は無情にも走り出す。そういえば、この裏口にも商店街のほうにも、門番らしき者がいなかったことを今更思い出した。

「ここの対人警備はザルだって聞いたが、想像以上だな。いや、楽な仕事だった」

（なんてこと！）

骸獣が危険な分治安はいいと、セオドアから聞いたばかりだ。そこを逆手《さかて》にとられるとは。

（わたしに、何かできることは……）

いつの間にかケイリーは背中側で手を縛られており、すっかり意気消沈している。見るからに虚弱なジゼルは拘束を免《まぬが》れたようだが、それもきっと大人しくしている間だけだ。

悔しいが、ここはなるべく男を刺激しないことが最善策だ。躊躇いなく人に刃物を向ける人間が、話し合いに応じるとも思えない。

（セオドア様……！）

声にできない名を心の中でまた叫んで、ぎゅっと固く目をつぶる。

無意識で握っていた両手は、祈るような形をしていた。

＊＊＊

——果たしてどれぐらいの間、馬車に揺られていただろうか。

距離も時間も曖昧なまま、突然停止した馬車から引きずり出され、足元がふらつく。

「おい、降りろ」

(ここは……?)

真っ先に見えたのは古めかしい倉庫だ。荷捌《にさば》きが充分にできそうな広さがあり、奥には厩《うまや》と思《おぼ》しき半分朽《く》ちた建物もある。さしずめ、廃業した運送屋の跡地といったところか。

(よかった、空がまだ青いわ。ものすごく遠くまで来たわけではないみたいね)

見上げた空に少し安堵《あんど》する。とはいえ、それなりの時間走っていたのも確かだ。街に出たのは朝だったが、太陽は中天をすぎようとしている。

「何ボーッとしてんだ。さっさと歩け」

また刃物を向けられたジゼルは、ぐったりとしたケイリーと共に倉庫に入り、言われるまま一番奥の床に座る。運送屋の忘れ物らしき木箱には、厚い埃《ほこり》が積もっていた。

「よし、一旦ここで待機だ。できれば子どもがよかったが、女を二人も持ってこられたのは僥《ぎょう》倖《こう》だな。おい派手な姉ちゃん、あんたは一体どこの子だよ?」

男がケイリーの前髪を掴《つか》んで上を向かせた……瞬間、倉庫に大きな悲鳴が響き渡った。

「誰かー！　ここよ、人攫《ひとさら》いよ!!」

「うわ、うるさっ……！」

大人しくなったように見えたが、ケイリーは体力を温存していただけだったらしい。渾身《こんしん》の力で叫ばれる高い声は鋭く、ジゼルまで耳が痛くなる。

「くそっ、いい加減黙れ！」

「ヒッ!?」

だがそれも、刃物を顔に突き付けられたことで止まってしまった。

男はケイリーの左目の下を薄く切りつけると、二度とやるなと言い放つ。恐怖を強く覚える場所を傷つける辺り、場慣れを感じさせる動きだ。

「全く、とんでもねえ女だな。それでお前は、どこのどなた様だよ？」

「……フィルチ伯爵家よ」

ケイリーが震えながら答えると、もう一人の男から口笛が上がった。金持ちの娘だと確認してから連れてきたので、身代金の要求でもするのだろう。

「伯爵令嬢なら儲《もう》けさせてくれそうだな。ああ、さっきみたいに悲鳴を上げても無駄だぜ。ここはとっくに廃業した倉庫で、周囲には民家もないからな」

声が届かないと言われて、ケイリーは悔しそうに涙を浮かべて俯《うつむ》く。気の強そうな彼女も、さすがに参ってしまったようだ。

「希少鉱石とやらは持ってきただけ損だったが、誘拐《ゆうかい》は楽でよかったぜ」

「あのゴミみたいな石も、物好きが買ってくれるだろ」

（……この人たち、窃盗《せっとう》もしていたの？）

ゴミみたいな石とは、十中八九骸獣の素材のことだ。コスタの街は、よほど彼らにとって楽な仕事場だったらしい。

（こんな最低な輩が、街に入り込んでいたなんて……）

セオドアに文句を言わなければ、なんて思ったところで、ジゼルの視界が大きく揺れた。

「は？　何よ、あなた……フラフラしないでよ」

ケイリーが怪訝《けげん》そうにしているが、そう言われても仕方ない。

――移動時間が長かったせいで、ジゼルの魔力が溜《た》まりつつあるのだから。

（どうしよう……久しぶりに、危ない……）

ここ数日忘れていた気怠い感覚が圧《の》し掛かってくる。ぼんやりと滲《にじ》んだ視界は熱く、消費先を求める魔力がジゼルの体の中を暴れ回って、今にも爆発しそうだ。

（駄目……）

ついには体を支えられなくなって、ジゼルは手近にあった木箱に体を預ける。

その衝撃で埃の積もった蓋《ふた》が転がり落ちて、中身が露《あら》わになった。

「ちょっとあなた、さっきからなんなのよ？　……え、熱っ⁉」

ジゼルの体に触れたケイリーが、目を見開く。続けて誘拐犯の二人にも、体温が異常だと訴えるものの、彼らが話を聞くわけもない。

(何か……何かないかしら。魔力を、消費できるものは……)

藁《わら》にもすがる思いで箱の中を見ると、大型のランプのようなものが規則正しく並んで入っていた。どれも使った形跡があるので、きっと廃業した運送屋の備品だ。

ジゼルが指先で触れると、わずかながら魔力が吸い取られるのがわかる。

「お？　これ馬車につけるマナ設備じゃねえか。もったいねえもん置いてったんだな」

誘拐犯の一人が、嬉《うれ》しそうに箱を覗《のぞ》き込んでくる。ちょうど補充が終わった一つをジゼルから奪うと、ニヤニヤしながら掲げてみせた。

「すげえ、めちゃくちゃ補充が早えじゃん。どうせ暇なんだから、ここのランプ全部使えるようにしろよ。これで夜道の移動が捗《はかど》るぜ」

「馬鹿言え、こんな明るいマナ設備なんて使ったら、一発でバレるだろ」

魔力が補充されたことで煌々《こうこう》と輝くそれは、そのままでも明かりになるぐらいに眩《まぶ》しい。

……実際の容量よりも、多すぎる魔力が込められている証《あかし》だ。

(言われるまでも、ないわ……)

誘拐犯に従うようで癪《しゃく》だが、早く魔力を消費しないと命にかかわる。しばらく健康にすごせてはいたものの、やはり病はジゼルを蝕《むしば》んだままだったのだ。

（足りない……これだけのマナ設備じゃ、消費しきれないわ）

じわじわと近寄ってくる懐《なつ》かしき死の感覚が、全ての感情を塗り潰《つぶ》す。

空のランプが減るごとに、死神の足音が聞こえてくるようだ。

「……おい、いくら何でも早すぎねえか」

喜んでいた誘拐犯たちも、ジゼルの補充速度がおかしいことに気付き始めたようだ。

「お前、もうやめろ。ここで干《ひ》からびて死なれても、処理に困るんだよ」

木箱に上半身を突っ込んだ異様な姿勢《しせい》で、ジゼルはなおもランプに魔力を補充し続ける。彼らもまさか、補充をしないほうが死に近付くとは思わないはずだ。

「おいって！」

ダンッと鈍《にぶ》い音がして、ジゼルのすぐ近く、木箱の縁《ふち》にナイフの刃が突き立てられた。しかし、今はもう脅《おど》しにもならない。

そんなことを気にする余裕が、ジゼルにはないからだ。

（ああ……どうしよう）

あっという間に全てのランプの補充が終わってしまい、行き場をなくした魔力が再びジゼルの体内で暴れだす。

なんとか少しでも消費しようと手のひらを押し付けるが、ただでさえ容量以上に魔力を込められているランプはもう限界だ。刻一刻と、確実な死が迫ってくる。

（どうしたらいいの？　頭がボーッとして、考えがまとまらない……）

ほぼ無意識でランプに魔力を送り続けるジゼルに対し、今度はケイリーが体をぶつけてきた。

……両手を縛られたままなのに、器用なものだ。

「いい加減にしてよ！　あなた、さっきから変よ⁉　こいつらに殺されたいの⁉」

「……こう、しないと、死ぬんです」

「何言ってるの？　とにかく、具合が悪いなら横にでもなって……」

「わたしは、あなたの、代わり。魔力係」

「――え？」

そこまで言ったところで、ジゼルの手の下からバキンと嫌な音が響いた。

送り続けた膨大《ぼうだい》な魔力が、完全にランプの許容量を超えてしまったのだ。

最初の一つが壊れたら、後はもう連鎖するように割れる音が続いていく。箱の中に詰められていた全てが、薄氷を割るように壊れていく。

「ちょっと⁉　これ大丈夫なの⁉」

「………」

キンキンと響くケイリーの声が、徐々に遠くなっていく。

わずかでも魔力を消費できていたランプが、完全に駄目になってしまった。

もうジゼルの魔力を減らせる手段は、何もない。後はもう、増え続けて、膨《ふく》らんで……風船のように破裂するのを待つだけだ。

（ここまで、なの……）

ぼんやりと聞こえる耳鳴りの向こうで、まだケイリーは何か言っている。

本当に元気な女性だ。この気の強さは、辺境伯領に存外合っていたのかもしれない。怯《おび》えて動けなくなるぐらいなら、キーキー怒っているほうがマシだろう。

「でも、浮気する人は、嫌だわ。セオドア様の、隣には、もっと……」

「はあ？　ハッキリ言いなさいよ！」

死にかけていても、譲れないことは譲れないらしい。セオドアのことを考えたおかげで聴力を取り戻した耳には、案の定ケイリーの怒りの声が届いてくる。

「馬鹿女ちょっと黙れ！　……なんか、やばい音がしねえか」

そんな中、誘拐犯の片割れが、ケイリーの肩を掴んで無理やり立たせる姿が見えた。

視界もぼやけ始めているが、彼らが戦慄《せんりつ》している雰囲気は伝わってくる。

「変態、触らないでよ！」

「いいからこっちに来い！　くそっ、欲を出さないでこの女だけにしときゃよかったか」

「……？」

黒尽くめの男たちは、ケイリーだけを連れて距離をとっていく。よくよく耳を澄ませば、ジゼルの上半身の下……箱の中から、バチバチと火が爆《は》ぜるような音が鳴っていた。

（嘘でしょう……これは、本当に危険だわ！）

最後の力をふり絞って、ジゼルも寄りかかっていた木箱から滑り落ちるように距離をとる。

途端にもう一人の誘拐犯が、木箱を中のランプごと反対側の壁へ蹴《け》り飛ばした。

「きゃあっ!?　なんなのよ、もう！」

大きな破壊音が倉庫に響く。木箱がひしゃげ、中のランプが割れる音だ。

……しかし、先ほどの火花のような音は止まっていない。恐らく、ジゼルが魔力を込めすぎたせいで、明かりの機構が燃えてしまったのだ。

「駄目だな、こりゃ。消火設備は……あるわけねえか」

「もういい、ここは捨てるぞ。交渉は次のアジトでやりゃあいい」

「ちょっと、離してよ！　あの子はどうするの！」

「知るかよ！　あいつがマナ設備を暴発させたんだから、自分で何とかしてもらうさ」

誘拐犯は二人がかりでケイリーを引きずり、倉庫から逃げていく。

周囲がどうなっているのかもうわからないが、少なくともこれで、ケイリーを暴走に巻き込まなくても済みそうだ。

（よかった、のよね。ああ、もう……意識が……）

暴れ狂う魔力が、また五感を奪っていく。白んでいく視界の奥で、マナ設備を燃やす炎がじわじわと広がりだしていた。

「…………ん」

――どれぐらい気絶していたのだろうか。

再びジゼルが意識を取り戻した時、視界のほとんどは炎に包まれてしまっていた。

（……ここで目覚めるなら、いっそ最期《さいご》まで気絶したままのほうがよかったかしら）

むしろ、よくまだ生きていたものだと思う。自分が思うよりもしぶといのかもしれない。

（多分、倒れていたから煙をあまり吸わなかったのね）

だが、ジゼルの幸運もここまでだ。古い倉庫の壁はすっかり延焼しているし、崩落も時間の問題だろう。意識を保つことすら危うい今のジゼルでは、もう逃げようがない。

（人のいないところだったのは、唯一の救いね）

目を閉じると様々な思い出が浮かんでくる。大切な家族のことや、長い引きこもり生活。そして、このワイアット領で得た健康な一時が、浮かんでは消えていく。

（死にたくないな……）

まだ見たいものもやりたいことも沢山《たくさん》ある。ようやく動けるようになってきたのに、こんなところで魔力に負けて、しかも燃えて終わりなんて。

（セオドア様……ごめんなさい）

思えばあの時、最初から一人でケイリーに話をつけるのではなく、彼女と恋人をセオドアのもとへ連れていけばよかった。ジゼルの余計な気遣いが、誘拐に繋《つな》がってしまった。

(嫌な思いを、させたくなかったから……本当にそうかしら?)

今になって、自分の浅ましい感情に気付いてしまう。

確かにそれも嘘ではないが……本当は、彼がケイリーに〝好意を抱《いだ》いている可能性〟から逃げたかったのだ。

『家同士が決めた婚約』だと決めつけていたが、明言されたわけではない。セオドアがケイリーを想っている可能性はあった。……そしてジゼルは、それを見たくなかった。

ケイリーが婚約を解消したがっているのだから、セオドアも彼女のことが嫌に違いない、と思っていたかった。セオドアが、彼女を好きなはずはないと。

――ジゼルこそが、セオドアの隣にいたかったから。

(そんな理由で誘拐に巻き込まれて、死にかけて……馬鹿なわたし)

むしろ、これは罰だったのかもしれない。口では謙虚なことを言いながら、セオドアへの想いを捨てられなかったジゼルへの罰だ。

魔力を消費できなければ一日も生きられないジゼルが、恋をして幸せになれるはずがないのに。それでも、セオドアを好きになってしまった。

(恋のために死ぬなんて、ある意味ロマンチックなのかしら)

思わず笑って……かすれた息はすぐに咳《せき》に変わる。炎に囲まれているのだ、もう長くない。

(……ケイリー様は強い方だから、きっと大丈夫よね)

両手を縛られていてもあれだけ悪態をつけるのだから、彼女は助かるはずだ。ジゼルの暴走にも巻き込まれなかったし、絶対助かるに決まっている。

(わたし……こんなところで、終わりたく、ないな……)

最後まで残っていた聴覚も、だんだん薄れていく。

どうせ報われない恋なら、伝えてしまえばよかった。

ほんのわずかでも人生が交わった記念として。ジゼルが辺境伯領にいた証として。

「セオドア様、わたし、は……」

——消えゆく意識の中、ふと、セオドアの声が聞こえた気がした。

「………?」

気がした、ではない。

聞こえる。耳を澄ませば、炎が燃える以外の音が、ちゃんと聞こえてくる。

「……! 助けが、来てる」

確かに、こちらに近付いてきている音がする。諦めなければ、助かる可能性がある。

そう気付いたら、うなだれている場合ではない。

(これで幻聴なら、笑うしかないわね)

投げ出された手足を叱咤《しった》して、なんとか動かす。ここで頑張れたら、死ななくてもいいかもしれない。とにかく、ありったけの力で床を這《は》って進む。

幸いここは廃倉庫だ。他に障害物はないので、崩れる天井にだけ注意すればジゼルの体でも前に進むことができる。

(死ねない。わたしは、まだ死にたくない！)

一歩でも前にと進んでいれば、倉庫の外がにわかに騒がしくなってくる。

やはり幻聴ではなかった。ジゼルを救いに来てくれた者が、ちゃんといたのだ。


「ジゼル!!」


安堵した直後——倉庫を覆っていた炎の壁の一部が、とんでもない勢いで消し飛んだ。

「…………え？」

何が起こったのか、さっぱりわからない。

燃えて崩れたのではなく、明らかに外から力が加えられて〝吹き飛んだ〟のだ。

呆然《ぼうぜん》と眺めていると、逆光を背負った男性が、なくなった壁から姿を見せる。肩で息をしながらも凛々《りり》しく剣を構えているのは——やっぱりセオドアだった。

(……そっか。この方たちは、山のような大きさの骸獣を、人の身で討伐する部隊だものね。燃える倉庫ぐらい、恐れるわけがなかったんだわ……)

そういえば、直近で倒した大型骸獣が〝燃える山〟だった。あれに怯《ひる》むことなく挑んだ勇敢な戦士にとって、多少の火など些事《さじ》だろう。

「は……あはは」

安心したら力が抜けて、ぺたんと床に倒れ込んでしまう。

慌てたセオドアが駆け寄ってきてくれたが、直前まで生き死にを心配していたのが馬鹿みたいだと思えるぐらいには、ジゼルの心も軽くなっていた。

「おい、大丈夫か⁉　しっかりしろ！」

「はい、生きて、ます」

抱きあげてくれた彼の手にも、笑って応えられる。

セオドアも明らかにホッとした表情を見せた後、反対の手に持ったままだった剣の柄《つか》をジゼルに差し出してきた。

「一緒に握ってくれ」

刃が青いので、これは水の力が込められているマナ武器だ。ジゼルが両手を添えると、彼が上から包み込むように握り直した。

「俺が力を引き出すから、あんたはこのまま魔力を込めてくれ。できるか？」

「……はい！」

体の内で荒ぶっていた魔力が、ぐんぐん吸いとられていく。

それに合わせて、燃え盛る倉庫に突き出された刃には、美しい水が輝き始めた。

（やっぱり、マナ武器って……きれい）

セオドアの左腕は、ジゼルの体を支えたまま。

右手一本で、ジゼルと共にゆっくりと剣を構える。

「いくぞ」

「はい」

二人で掴んだ剣の青い刃が――一閃《いっせん》。

次の瞬間、溢《あふ》れんばかりの水をまとった軌跡が、燃える倉庫そのものを吹き飛ばした。

「…………」

バラバラになった残骸が、黒い煙を上げながら地面に落ちていく。

あれほど燃えていたにもかかわらず、一瞬で全てが鎮火《ちんか》されたようだ。

後に残るのは、黒く焦《こ》げた倉庫だったものの土台と、水を滴《したた》らせる周囲の木々だけ。

何もかもが、瞬《また》く間に解決してしまった。

（え、えええ……？）

あまりの勢いに、ジゼルはもう呆《ほう》けるしかない。悲観していた時間は何だったのか。

「若！　賊の馬車も捕らえました！」

　ふり返れば、馬を駆る兵たちが続々と近付いてくる。声をかけてきたのは、セオドアの傍《そば》によく控えている眼帯の男だ。

「よくやった。ボコってもいいが、八割までな」

（それは瀕死《ひんし》では!?）

　ジゼルの心のツッコミなど知らぬ彼らは、快活に笑いながらまた駆けていく。この調子なら、ケイリーのことも心配ないだろう。

「……ごめんな、ジゼル」

「わっ!?」

　彼らを見送った直後、ジゼルの体は温かくて固いものに包まれた。

　濃く香る汗の匂いと、頬に伝わる激しい鼓動の音――セオドアに抱き締められたのだと気付けば、ジゼルの体も一気に熱を取り戻した。

「遅くなってすまなかった。怖かっただろ。まさか、うちで馬鹿をやるやつがまだいるとは思わなくて……本当にごめんな」

（……なんだか、ひっかかる言い方ね）

　ふいに、コスタの街の人々がジゼルに貢物《みつぎもの》をしてくれようとした時の記憶が蘇《よみがえ》る。皆軽々と木箱を担《かつ》いで持っていた。鍛えている男性ならともかく、細身の女性も皆だ。

「もしかして、ここの方……みんな強かったりします？」

「他よりはな。もともと国境を守る土地であり、骸獣を抑える砦《とりで》だ。領民全員が何かあった時にはすぐに動けるように〝多少〟鍛えているんだよ」

（なるほど……精神的に団結している上に、警備がいらないぐらいにみんな動けるなら、それは対人防衛が疎《おろそ》かにも見えてしまうかもしれない）

今回はよそ者のジゼルとケイリーが捕まるという、信じられない偶然が重なったわけだ。

もし誘拐犯たちが当初の予定通りに子どもを狙ったなら、誘拐が成功する前にボコボコにされて終わっていたのかもしれない。

「でも、火事を起こしてくれて助かった。目印としてわかりやすかったよ」

（そんな狼煙《のろし》のようなノリで火事は起こさないわ……）

彼らがすぐに来てくれたからよかったものの、一応ジゼルは死にかけたのだ。目印扱いされると、少々いたたまれない。

「頑張ってくれてありがとな。けど、やっぱり離れるべきじゃなかった」

「そう、ですね……」

よもやここまで人間の常識を超えてくれると、ジゼルも笑うしかない。とにもかくにも、皆無事で済んだ。誘拐の件はこれでよしとしよう。

——問題は、まだ終わっていないのだから。

「……あの」

「ん？」

くっついていた頭が、ゆっくりと離れる。

ジゼルを覗き込むように微笑んだ彼は、とても穏やかで、優しい顔をしているのだが——。

「魔力が、限界です……」

「だよな⁉」

残念ながら、この程度の消費量でどうにかなるなら、ジゼルは死にかけたりしない。

つくづく、ロマンも何もあったものではない体質に、涙が出る。

「よし、もうこのまま消費するぞ！　俺が放出するから、ジゼルは魔力を補充し続けてくれ」

「でも……」

「大丈夫だ、俺を信じろ‼」

ジゼルの手の中に、再び青いマナ武器の柄が押し込まれる。続けて、セオドアはジゼルの背後へ回ると、後ろから抱き締めるようにして柄を掴んだ。セオドアの手のひらに押さえ込まれて、マナ武器を手放すこともできない。

(武器一本でどうやるのかわからないけど……セオドア様を信じるしかないわ)

不安に思いつつも、背に腹は替えられない。あり余った魔力を一気に注ぎ込めば、青い刃からは再び澄んだ水が溢れてくる。

「わっ⁉」

魔力量に比例して、水も増える一方だ。穏やかな流水はどんどん加速していき、瞬く間に激しい放水となって噴き出した。

「こんなに水を出してしまって、いいんでしょうか」

「大丈夫だよ。絶対に離さないから、体が楽になるまで思いっきり魔力を使っちまえ」

「……はい！」

耳元で囁《ささや》かれる声が心地よくて、促されるまま魔力を注いでいく。セオドアが背中を支えてくれるおかげで、水の勢いで倒れることもない。

煌々と輝く宝石のような刃と透き通った水の流れ。大きな放物線を描いたと思えば、空に虹までかけている。まるで、幻想的なショーを見ているようだ。

「きれいだな……」

どこか恍惚《こうこつ》としたセオドアの呟《つぶや》きに、ジゼルも素直に頷く。

本来は恐ろしい敵と戦うための武器に、こんなに魅せられるなんて思わなかった。何より、この光景を作り出しているのは、ジゼルとセオドアだ。

(なんて素敵な共同作業かしらね)

死にかけのくせに嬉しくなってしまって、背後の彼に頭をもたれさせる。セオドアも避《よ》けたりせずに受け入れてくれるものだから、ますます調子に乗ってしまいそうだ。

——やがて、噴き出す水の勢いが治まってきた頃。魔力を宿した美しい姿のまま、ついにマナ武器の刃が砕け散った。

「きゃっ!?」

粉々に砕けた青い欠片は、一瞬だけ獣のような形を作ると、すぐに虚空《こくう》へ消えた。

後に残されるのは、二人の手の中の柄だけだ。

「今の、もしかして骸獣の姿でした……?」

「かもな。こんな風に武器が壊れるのは、俺も初めて見たよ。いつも魔力切れ中に骸獣に弾《はじ》かれて、ボッキリ折れるだけだったから。……そうか、こうやって使い切ると、きれいに消えるもんだな」

子どものようなキラキラした目で刃を見送ったセオドアに、こっそり彼を覗いていたジゼルも笑いをこぼす。

本当に、魔法みたいな終わり方だった。ここまで使い込めば、マナ武器も本望だろう。

「……でも、こっちはどうしましょうか」

マナ武器の壊れ方は美しかったが、その刃——正確にはジゼルのあり余った魔力が刻んだ爪痕は、きれいな表現では終われそうにない。

何しろ、眼前にはとっっっってても大きな水たまりができてしまっているのだ。

「ははっ、すごいよな！　ここまででかいと、池じゃなくて湖だ！」

(さすがに笑いごとじゃないのでは!?)

いくらジゼルでも、地形を変えてしまったのは初めてだ。これだけのことをしでかしてなお、魔力切れを起こしていないのだから自分の魔力量が恐ろしい。

「うう……どうしよう……」

「心配すんなって。この辺りは民家もないし、新しい観光名所ができたとでも思えばいいさ。あんたが無事でいてくれることが、一番大事だ」

明るい口調で言い切ったセオドアは、慰《なぐさ》めるようにジゼルをぎゅっと抱き締めてくれる。

――本当に、彼には勝てない。

(そんな言い方をされたら、ますますあなたを好きになってしまう……)

恋を反省したばかりなのに、これでは捨てられるはずがない。

厚い胸板と温かな腕に抱かれたまま、ジゼルは諦めるように目を閉じた。

＊　＊　＊

「お嬢様!!」

次にジゼルが目を覚ましたのは、そろそろ見慣れてきた客間だった。

どうやらジゼルは、あの後気絶してしまったようだ。屋敷にいるということは、彼が運んでくれたのだろう。視界を埋める深緑色の天蓋《てんがい》に、安堵の息がこぼれる。

「おはようロレッタ……おはよう？」

「ええ、それで大丈夫です。ご無事でよかった……」

横へ視線を向ければ、大事な侍女が大粒の涙をこぼしながらジゼルの手を両手で握っている。間に挟まれているのは、こちらも見慣れたタンク用の補充管だ。

（危機は脱したけれど、健康には戻れていないみたいね）

頭がぼんやりしているので、多分熱が下がり切っていない。やはり一度ゼロにしてしまわないと、魔力に煩《わずら》わされる生活からは逃れられないらしい。

「やっぱり私はお傍を離れるべきではありませんでした……いくらデートだとしても、私さえ控えていれば、誘拐なんて危険な目には遭わせませんでしたのに……」

「大丈夫よ。これは、わたしも悪いの」

涙ながらに謝罪するロレッタの髪を、反対側の手を伸ばして撫《な》でる。

ジゼルが余計な気を回さなければ、この地で誘拐など起こらなかったのだ。モヤシのくせに変な行動力を出してしまったジゼルにも責任がある。

「いいえ、お嬢様は悪くありません！　こういうお体だと知っていたにもかかわらず、注意を疎かにした周囲に責任があるのです！」

（頑《かたく》なだなあ……）

まあ、彼女の苛烈さも、あそこで死んでいたら二度と見られなかったものだ。取り戻した日常を大事にしたいとも思う。

「今、どれぐらい？」

「ちょうど一日経《た》ったぐらいですね。お嬢様が懸念されていることは、だいたい全部片付いていると思いますが……」

ロレッタがそう言いかけたところで、扉をノックする音が響く。

彼女が応対すると、廊下にいたのはセオドアだった。

「ジゼル嬢は起きたか？」

「ええ、つい先ほど」

「よかった……大丈夫そうなら、顛末《てんまつ》を話そうかと思うんだが」

ちらりと窺ったセオドアは疲れた様子だったが、怪我などはなさそうだ。思い切り安堵の表情を見せているので、心配してくれていたのだろう。

「ロレッタ、お通しして」

「……かしこまりました。ですが、手短に済ませてくださいね」

ロレッタが体をどけると、セオドアが小走りで近付いてくる。目の下に隈《くま》が見えるので、寝ていないのかもしれない。

「色々と、ご迷惑をおかけしました」

「こっちこそ。預かっているあんたを危険な目に遭わせて、本当にすまなかった」

ジゼルが上半身を起こすと、セオドアが支えるように背中に手を回してくれる。……できれば寝間着姿はあまり見られたくないのだが、彼にはもう今更か。

続けて彼は深く一礼してから、ロレッタの要望通りにまとめて話し出した。

まず、あの黒尽くめの誘拐犯たちは無事に捕縛《ほばく》され、身元まで判明しているそうだ。余罪を調べるために、後日王都へ送ることになっている。

警備についても今回の件で甘さを反省したらしく、全体的に見直し、改善を図ることになった。ただでさえ屈強な辺境伯領が、より堅牢《けんろう》になるだろう。

そして、連れていかれたケイリーも捕縛の際に無事に救い出されており、この屋敷の別の客間で昨夜から療養しているとのことだ。

「以上だ。何か聞きたいことはあるか？」

粛々《しゅくしゅく》と説明するセオドアは、さすが部隊を率いるだけあって話し方もわかりやすかった。

もっとも、誘拐犯については昨日の時点で大変な目に遭うであろう話が出ていたので、特に心配はしていなかったりする。

(誘拐そのものについて質問はないけれど、どうしようかしら)

ジゼルが気にしているのは、今回の誘拐のきっかけともなったこと。つまり、セオドアとケイリーの婚約についてだ。

逃げられたとはいえ、恋人を連れて領に来ていたケイリーを婚約者のまま置いておくのはやめてほしいが……それで事件に巻き込まれた身としては、口を出すのが憚《はばか》られる。

「あの……」

ひとまず、昨日の彼女について話しておこうと口を開いたところで――またしてもノックの音に遮られる。

すかさずロレッタが扉へ向かうと、立っていたのはまさに今考えていた人物だった。

「あなたは……」

「フィルチ伯爵家のケイリーと申します。こちらに、昨日お世話になった方がいるとお聞きしたのだけれど……」

(え、どなた?)

なんともしおらしい話し方に、対応したロレッタもポカンとしてしまっている。

最初に屋敷を訪れた際、ジゼルと一緒にロレッタもいたことを、彼女は覚えていないようだ。

「フィルチ伯爵令嬢、何の用だ?」

「あら、セオドア様もいらっしゃったのですね!」

ケイリーは声を弾ませると、ロレッタを避けて颯爽《さっそう》と室内へ入ってくる。こういう勝手なところを見れば、やはり同一人物で間違いなさそうだ。

「こんにちは。気分はどうかしら?」

「こ、こんにちは……？」

ケイリーはそのままベッドまで近寄ると、略式の淑女の礼で挨拶《あいさつ》をしてくる。

昨日の派手な装いではなく、今日は露出のほとんどない水色のワンピースに、白のガウンを羽織っている。化粧を落とし髪も下ろしていると、外見だけは清楚《せいそ》に見えなくもない。

その美貌の中で、左目の下に貼っている絆創膏《ばんそうこう》が痛々しかった。

「昨日はわたくしの誘拐に巻き込んでしまって、本当にごめんなさいね。あなたも無事でよかったわ」

（怖い！　本当に誰ですか⁉）

姿勢を戻したケイリーは、しょんぼりとした様子でジゼルに謝罪をしてくる。あくまで誘拐はケイリー目的であり、ジゼルはうっかり巻き込まれてしまった人という認識のようだ。

実際にそうではあったが、正しくはケイリー本人ではなく〝お金をとれそうな態度と格好をしていた人〟が狙いだったと思われるので、なんとなくモヤモヤしてしまう。

「ご心配いただき、ありがとうございます」

とはいえ、今の彼女は一緒に大変な思いをした仲間を労《いた》わる『いい人』だ。ジゼルもちゃんと礼は返さねばならない。

――ところが直後、ケイリーはとんでもないことを口にした。

「あなたはわたくしの代わりにこちらの領に来て、魔力補充を手伝ってくれていたのでしょう？　これからはセオドア様の婚約者であるわたくしが、その務めを果たしますからね。今まで本当にありがとう」

「………は？」

声を出したのはジゼルだけでなく、ロレッタもだ。

彼女はほんの少し前、婚約の解消を訴えに来た人物である。しかも昨日は、別の男とイチャイチャしていた。

にもかかわらず、今更婚約者面《づら》をするとは……一体どういう心境の変化なのか。

「失礼ですがフィルチ伯爵令嬢。あなた様は以前、私どもに『婚約を解消したい』という旨《むね》を訴えに訪問されましたよね？　あの時対応したのは私とお嬢様なのですが、覚えていらっしゃいませんか？」

「まあ、あの時の！　失礼な態度をとってしまって、ごめんなさいね」

やはりケイリーは、ロレッタの顔も覚えていなかったようだ。一瞬ギクッとした表情を見せたものの、すぐに取り繕《つくろ》って淑女らしく顔を俯かせる。

「わたくしもあの時は気が動転していて……でも、今回の誘拐を経《へ》て、反省いたしましたの。わたくしがお役目を全《まっと》うしなかったばかりに、無関係な彼女まで巻き込んでしまいました。これは心を改めて、すぐにでもこちらへ嫁《とつ》ぎ、わたくしが使命を果たさなければならないと」

（はあ⁉）

心の中とはいえ、思わず令嬢らしくない反応をしてしまった。

まさかケイリーは、恋人に捨てられたからセオドアに乗り換えるというのか。

（あんなにひどい態度で罵《ののし》っていたのに、独り身になった途端に手のひらを返すっていうの？

セオドア様のことを何だと思っているのよ！）

怒りがふつふつと湧《わ》き上がり、すぐにでも叫びたい気持ちになる。

……だが、ケイリーも口にした通り、ジゼルこそ〝無関係〟だ。

こちらには命じられて助《すけ》っ人《と》に来ただけであり、婚約の話にはバークレイ家は一切かかわっていない。ここで口を出すのは、ジゼルのほうがお節介というものだ。

（わたしはすごく嫌だけど、結局婚約者は彼女だもの。ちゃんと、祝福しなきゃ……）

ぐっと唇を噛《か》んで、出してはいけない言葉を必死に飲み込む。

ジゼルの態度に気付いたケイリーが、勝ち誇ったように口角を上げたところで――意外な声が客間に落ちた。


「いや、あなたとの契約はとっくになくなってるが？」


口を開いたのは、ずっと黙っていたセオドアだ。

まさかのことに、ケイリーもジゼルもロレッタも、勢いよく彼のほうに向き直る。

「ど、どういうことですの、セオドア様」

「どうもこうも、両家で結ばれた契約は、魔力補充と骸獣の素材の交換だ。にもかかわらず、あなたは一度も我が領に協力に来てくれなかった。そればかりか、最近は婚約を嫌がって、ずっと友人や知人の家に行っていたのだろう。屋敷に帰ってすらこないと、フィルチ伯爵がおっしゃっていた」

「それは……」

無表情で淡々と述べるセオドアに、ケイリーが押し黙る。……彼はちゃんと、ケイリーの素行を知っていたのだ。

「契約不履行《ふりこう》として、ワイアット家はフィルチ家と結んだ内容を全て解消している。先日、王都から受理された旨の書類が届いていたから、俺とあなたは完全に他人だ」

「そんな……!?」

思惑が完全に外れたケイリーは、へなへなとへたり込む。自分の知らぬところで全てが終わっているとは、彼女も思わなかったのだろう。

(そもそも、貴族令嬢が屋敷に戻らずフラフラしているなんて信じられないわ。外見的に成人はしていると思うけど、何を考えているのかしら)

「……それよりフィルチ伯爵令嬢。あなたの恋人を自称する男を、こちらで保護しているんだが。何か心当たりはないか?」

「えっ⁉　し、知りません！　なな、なんのお話ですの？」

続けてセオドアが訊《たず》ねた内容に、ケイリーの声が裏返った。恋人を置いて逃げた彼は、どうやら無事だったらしい。

「そうか？　実は、あなたが昨日誘拐された場所は、関係者以外立ち入り禁止の区域なんだ。やはりあの男も、誘拐にかかわっている可能性が高いか……」

「彼は違います‼　ここの貴重なナイフが欲しいって言うから連れてきただけよ！」

（あ）

誰もがわかるほどの完璧な自爆が口からこぼれた途端に、セオドアはスッと目を細めた。戦場でも見たことがない、ひどく冷たい目だ。

「なるほど、恋人というのは自称ではないようだな。契約解消を知らなかったということは、あなたは不貞行為だと承知の上で関係を持ち、破綻《はたん》したから俺にすがりに来たのか」

「ち、違……っ！」

「誰か、フィルチ伯爵令嬢を部屋へお連れしろ。確認事項が済むまで、二度と出すな」

セオドアが呼びかけると、すぐに扉が開いて見慣れた兵たちが駆け込んできた。

「ちょっと触らないでよ！」と声を上げるケイリーは、すっかり昨日と同じ顔だ。誘拐は不運だったが、それ以外のことは自業自得である。

ものの数秒で担ぎ出されたケイリーは、止める間もなく廊下へ消えていった。

急に静かになる客間が、なんとも居心地が悪い。

「あー……病み上がりの時にすまなかった。そんなわけで、彼女のことはちゃんと終わっているし、こちらも把握しているから安心してくれ」

「いえ、わたしも余計な気を回していたようで……」

「初めて街に行った時に話すはずだったんだが、楽しくてうっかり忘れててな。いやほんと、申し訳なかった」

セオドアは姿勢を正すと、ジゼルにまた深々と頭を下げた。

説明忘れと聞いた瞬間ロレッタが般若《はんにゃ》の顔になったが、万事きれいに片付いたのだから、余計な波風は立てなくていいだろう。

「本当に……きれいに終わって、よかったです」

「いや、まだ終わりじゃないんだ」

ジゼルが胸を撫でおろしたのも束《つか》の間《ま》、セオドアはベッドの横に跪《ひざまず》くと、そっとジゼルの手を握ってきた。

「セオドア様？」

「あんたを無理に連れてきたことはわかってる。俺たちが迷惑ばかりかけていたことも、配慮に欠けていたことも、わかっていて……反省してる」

「そんなことは……」

真剣な声で続く謝罪に、ジゼルのほうが困ってしまう。

大変なことも多かったが、それでもジゼルは、この地で一時健康な体を得られたのだし、それなりに楽しい日々をすごしていた。決してセオドアは悪くない。

「その上で、お願いしたい。――ジゼル嬢、どうかこのワイアット辺境伯領に、正式に来てくれないだろうか」

「――……」

そう返そうとした瞬間、思いも寄らなかったことを告げられて、思考が固まってしまった。

人間、びっくりしすぎると声が出なくなるというのは、本当だったようだ。

言われたことの意味がすぐにはわからなくて、もつれる舌でなんとか問いかける。

「……あの、それは、どういう……」

セオドアは、夕日色の瞳と同じぐらいに頬を染めて、頷いた。

「フィルチ伯爵家と結んでいた契約ではなく、ちゃんとした婚約をしたいんだ。未来に、俺の妻となる約束を、結んでほしい」

まっすぐ、真摯《しんし》に伝えられた言葉に、今度こそ心臓が破裂しそうなほど暴れ出す。

さすがにジゼルでも、契約と婚約の意味が違うことはわかる。ましてや、それを彼のほうから強調して伝えてくれたのだ。俺の妻として、と。

「でも……わたしは……迷惑、ばかり……」

「あんたのことを迷惑だと思ったことなんて、一度もないぞ。昨日のことを言っているなら、あれは俺が離れたからいけなかったんだ。だったら、俺がずっと傍にいればいい。だろ？」

(それはそうかもしれないけれど)

ずっと一緒なんて、それこそ介護ではないか……と口にしようとして、ふと気付いた。

ジゼルの手を握る彼の手が、かすかに震えていることに。

(セオドア様……)

改めてセオドアの顔を見れば、耳まで瞳と同じ色に染め上げた彼は、明らかに緊張した面持ちでジゼルを見つめていた。

彼は人の上に立つ素質のある人物だ。だからこそ、責任感からくる発言では、きっとこんな表情は見せない。

こんな――まるで、一世一代の告白をするような、顔は。

「魔力が大変な時は、タンクでも大砲でもいつでも用意する。俺はあんたに、これからも俺の隣で笑っていてほしいんだよ。……なんか、必死すぎて恥ずかしいな」

そこまで言いきってから、セオドアはへにゃりと表情をゆるめた。

人好きのする、輝くような笑顔……ジゼルが、彼にこの表情を浮かべていてほしいと願った、一番好きな顔だ。

「やっぱり、こんな時に言うのはずるいか？　本当はもっと早く言いたかったんだけどな」

「……いつから、そう思ってくださっていたんですか？」

「どうだろう、結構最初からだよ。自分が一番大変なのに、周囲を思いやり、できることを一生懸命やって生きようとするあんたに、ずっと惹《ひ》かれてた。……戦場で笑ってくれたあんたを見た時に、隣にいたいってしっかり思ったかな」

(同じところに、惹かれていたんだ)

意図せずまたお揃いになっていて、胸が温かくなる。もっとも、笑顔を見たいと思うのは、幸せでいてほしいと願うのと同義だ。

好きな人なら、当然なのかもしれない。

「俺じゃあ頼りないだろうが、あんたを抱いて運ぶのは誰より速い自信があるぞ」

「……ふふっ」

なんだか、もう、本当に。空回りをしていたのが馬鹿みたいだ。

でも、彼がこうして想ってくれたこと。心を伝えてくれたことが、たまらなく嬉しい。

「――ふつつかものですが、よろしく、お願いします」

なので、返す言葉はこれしか浮かばなかった。

顔が熱くて、喉が苦しくて、涙も出てきて――嬉しくて。どうにかなってしまいそうだったから。

「若!!　おめでとうございます！」

「うわあっ⁉」

ジゼルが答えた瞬間、またしても扉が勝手に開いて、花やら酒やらを持った兵たちがなだれ込んで来た。

これはセオドアも知らなかったことのようで、目をまん丸に見開いてわなないている。

「お、お前ら、いつからいやがった……」

「あっちのご令嬢を見張ってろって言ったのは若じゃないですか！　オレたちはちゃーんと、仕事してただけですよ」

「さっき連れてっただろ！　だいたい、俺は全員来いとは言ってねえよ‼　関係ないやつは持ち場に戻れ‼」

茹蛸《ゆでだこ》のような顔になったセオドアは、一瞬で立ち上がると、兵たちを追いかけていく。

何人も重なる慌《あわ》ただしい足音の中には「お嬢おめでとー！」とこちらを祝う声がいくつも交じっていた。

「あの人たち、病み上がりの意味をわかっているんでしょうか」

「ご、ごめんねロレッタ」

彼らが立てた埃を払うように、ロレッタが両手を大きくふるって換気を促す。

嬉しくてつい返事をしてしまったが、ロレッタは先ほどのやりとりをどう思ったのだろうか。

「あの、ロレッタは……」

「旦那様への連絡でしたら、問題ないのでお任せいただいて構いませんよ。万が一こういうことになってもいいように、バークレイ家の皆様はちゃんと動いてくれていましたから」

「え……そうなの⁉」

予想外の返答に大きな声が出て、そのままむせてしまう。

「あらあら」と笑ったロレッタは、背中を撫でながらジゼルをゆっくりと抱き締めた。

「お嬢様に誰よりも幸せになってほしいのは、私も皆も同じ考えです。だからこちらに来る前から、こういう事態も想定しておりました。あのような婚約者がいたことは少々驚きましたが、正式に解消されたようですし、こちらも何もご心配はいりません。お嬢様はその身に溢れる魔力と同じぐらい、幸せを享受《きょうじゅ》する資格があります」

「ロレッタ……」

彼女の肩にもたれかかると、ポンポンと撫でてくれる。

大変な体質は変わらないが、それでも諦めなければ、ちゃんと幸せが手に入るのだ。

大切な人を、これからもずっと好きでいたいし、自分も大切にしたい。

「ジゼル！　あいつらシメたらまた来るから、後でちゃんと、二人で話そうな！」

そんな感傷に浸《ひた》っていれば、廊下の外から元気な声がとんでくる。

「早速呼び捨てなんて！」とロレッタは怒っているが、そういえば昨日迎えに来てくれた時も呼び捨てだったと思い出した。

セオドアはずっと、そう呼びたかったのだろうな、とも。

（……そう呼ばれて、嬉しく思うわたしも、ね）

「まあ、仕方ないですね。お嬢様の選んだ相手ですから。……あーあ。この領地に嫁ぐのなら、私もいい加減、スカートを穿《は》かなきゃいけませんかね」

「ふふ、ロレッタなら何を着ても絶対似合うわよ」

彼が〝自分が運ぶ〟と宣言した以上、きっとロレッタが馬を駆ってジゼルを届ける機会はなくなるはずだ。恥ずかしくてたまらなかったのに、今はちょっと楽しみでもある。

「もう死にかけてる暇なんてないわね。わたしは、わたしにできることをしよう」

まずは正式に婚約を結ぶことから。ケイリーとの契約は解消されたとはいえ、色々な人に話をして、手続きをしなければならない。きっともの知らずのジゼルには、また戸惑いの多い作業になるだろう。

それでも、喜びしか感じないこれからの日々に、二人で顔を見合わせて笑う。

慌ただしくも幸せな未来は、ここからだ。

虚弱タンク令嬢は年中無休で発熱中　番外編

Weak tank lady always gives heat. Extra

番外編　エスコートの裏側

それは、本当に偶然の出来事だった。たまたま、本当にたまたま、補充済みのマナ武器を兵が回収しに来た瞬間に、隣接する客間からの声が聞こえてしまっただけなのだ。

——セオドアの婚約者に対して、大恩ある彼女が悲しげに言及していたのを。


「なるほど、それが原因だったのか」

回収箱を抱えたまま大急ぎで報告に来た兵に、セオドアは深くため息をつく。

実はセオドアも他の皆も、ここ最近ジゼルが暗い表情をしていることを気にしていた。

魔力消費先は足りているはずだが、彼女はか弱い令嬢だ。きっと生活環境が変わったことで、体調を崩したのだと思っていたら……真の原因は想定外のものだったらしい。

「彼女が沈んでたのは、『俺に迷惑をかけたかもしれない』って悩んでいたからか。くそっ、俺の馬鹿野郎……！」

セオドアは自分の至らなさに天を仰ぐ。

死にかけの体で辺境伯領まで来てくれて、この地の民に惜しみなく協力してくれているジゼルの顔を曇らせていたのが、まさか自分だったとは。

言われるまで気付けなかったことも、なんとも情けない。

「……あっ、そうか！　それで急に、俺が抱いて連れていくのも嫌がったんだな」

そして芋《いも》づる式に、もう一つの変わった点の理由にも気付いてしまう。

セオドアは何の苦にもならないのに、突然ジゼルが運搬を拒《こば》んだことを不思議に思っていたのだが、この一件を知ったからなら納得だ。

ジゼルのような良識のある令嬢が、婚約の決まっている男に横抱きされることをよしとするはずがない。彼女は儚《はかな》げな見た目に反して、しっかりした女性なのだから。

「いや、横抱きで運ぶのは誰でも恥ずかしいと思いますよ」

「なんでだ？　あのほうが安全だし、早く着くしいいだろ」

「どうしてこういうとこに気遣いとかできないんですか、若」

聞いていた兵はやや呆れているが、戦場では何より安全さが求められる。それを拒んででも相手を気遣うことを選んだジゼルは、実にまっとうな令嬢といえるだろう。

(自分の不甲斐なさが恥ずかしいが……今回は朗報でもあったな)

セオドアは視線を前に戻して、自身の頬を叩く。原因がセオドアにあるなら、解決方法は簡単だ。己が行動すれば、ジゼルの憂いを晴らすことができる。

「よし、そうとわかれば行動あるのみだ。お前ら、何か案はないか？」

決意を固めたセオドアが周囲にいた他の兵たちに意見を募《つの》ると、途端に女性の兵たちがバッと勢いよく挙手をして答えた。

「街！　コスタの街に行きましょ、若！　こんなムサいだけの屋敷に閉じこもってたら、そりゃあ気分も沈みますって」

「お前ら、一応女性も住んでる家だからな？」

意気揚々と提案する彼女たちに、つい低い声が出てしまう。

とはいえ、意見はもっともだ。防衛を第一に考えた屋敷は華やかさに欠けており、庭にも花壇や噴水といった若い女性が楽しめそうなものはない。もともと娯楽に乏《とぼ》しい土地柄でもあるし、長年暮らしている母親や使用人たちは、おおかた諦《あきら》めているだけだろう。

何より、恩人たるジゼルに退屈な生活を強いていたことは、素直に反省すべきである。

「街に出て気分転換してもらうのは、いい案だな。よし、それでいくか！」

「はい、重ねて提案です！　若がお嬢をエスコートしてあげてください！」

「……俺が？」

続けてされた提案に、目を瞬《またた》く。確かに、原因だったセオドアが同行することで、『婚約について悩む必要はない』と行動で示すのは悪い案ではない。

「同行はもちろん構わんが……〝エスコート〟か。そういや、ちゃんとやったことねえな」

「ですよね……あたしたち、それなりの期間ここの討伐部隊にいますけど、若っていつ見てもその軍装ですもんね。他に服とか持ってます？」

「おい」

先に不安をこぼしたのはセオドアだが、さすがに失礼すぎる質問だ。彼女たちは、部隊長を一体何だと思っているのか。

「曲がりなりにも貴族の令息が、一張羅なわけねえだろ。だいたい、この軍服だって五着を洗濯しながら着ているからな。いつも同じとか言うなよ」

「見た目一緒なら同じでしょ!?」

ダンッと床を強く踏みしめた彼女たちに、思わず肩を震え上がらせる。てっきり清潔感について指摘されたのかと思ったが、そういう話ではないようだ。

「ちょっと駄目だわ、この人わかってない。絶対にコレ着て街に行くわよ!?」

「いや、俺も仕事以外で軍装はしないが……」

「そんなボッサボサの髪で言われても説得力ないんですよ！　女の子をエスコートするという意味をちゃんと理解してから言ってもらえます!?」

「ア、ハイ」

鬼のような形相で怒鳴られてしまえば、黙るしかない。セオドアは貴族らしくない自覚もあるので、なおさらだ。

女性兵たちはそのまま顔を見合わせて頷《うなず》くと、『女性の使用人と相談したい』とセオドアに許可をとり、屋敷の中を駆けていってしまった。まるで、非常事態のような機敏な動きで。

「……いや、そんなにボサボサか？　俺の髪」

「オレたちは気になりませんけど、あいつらが駄目出しするぐらいには、駄目なんじゃないですかね」

「そうか……」

ジゼルは装《よそお》いなどには何も言わなかったし、肉体労働の兵や職人たちに対しても普通に接してくれたので、すっかり安心してしまっていた。

もしかしたら、内心では嫌悪感を抱いたりしていたのだろうか。

「まあでも、あいつらが張り切る気持ちもちょっとわかりますよ。せっかくだから、若のいいとこを見せたいんでしょ。前向きに捉えていきましょうよ」

「……そうだな」

そう言われれば、彼女たちのキツい発言も、セオドアを思ってのことだと受け取れる。ジゼルに少しでも好感を持ってもらえるのなら、こちらとしてもありがたい。

「実際に、俺は着飾るの苦手だしな。だがこれも、ジゼル嬢のためだ」

「そうですよ若！　お嬢の笑顔を取り戻すために、頑張りましょう！」

「笑顔、か……」

初めて魔力切れを起こした時のジゼルの笑顔を思い出せば、セオドアも自然と頬が緩《ゆる》んでしまう。本当に幸せそうな、愛らしい笑みだった。

「……あの可愛《かわい》い顔を見るためなら、やる気も出るな」

「おお、よかった！　若にも戦う以外の機能が備わってたんですね！」

「だから、お前らは俺を何だと思ってるんだよ」

妙な部分に感心している兵の頭を軽く小突いて、セオドアも彼女たちの後を追うように歩き出す。もちろん、エスコートの装いを相談するために、だ。

（こいつらも、普段は他人のことなんて気にしないのにな。こうして関心を持って行動するのも、彼女の人徳ゆえだな）

ジゼルを連れてきた張本人として、セオドアも応《こた》えたい。

「まずはやるだけやるか。それで……また笑ってくれたら、いいんだがな」

――こうして気合いを入れて街の案内に臨《のぞ》んだセオドアの頭からは、『婚約はとっくに解消していることを伝える』という一番重要なことが抜けているのだが。

エスコートの成功に全力を注ぐセオドアと兵たちが、それに気付く由《よし》はなかった。

あとがき

初めまして。もしくはお久しぶりです、香月です。この度は「虚弱タンク令嬢」をお買い上げいただき、誠にありがとうございます！

以前のシリーズ作とは真逆の、風が吹いたら倒れそうなヨワヨワ主人公と、立場も実力も確かなのに「令息……？」な二人と皆の物語、少しでもお楽しみいただけたなら幸いです。作者も大変楽しく執筆させていただきました。

今作も最後まで本っ当にお世話になりました担当H様。格好良さも可愛さも天元突破で魅せてくださったイラストご担当の山下ナナオ先生。他にも刊行まで支えてくださった沢山の皆様。そしてこの本をお手に取ってくださったあなた様に、この場を借りて心より御礼申し上げます!!

これからも皆様の休憩の一時に寄り添えるような物語を作っていきたいと思っておりますので、どうぞよろしくお願いいたします。

それでは、またどこかでお会いできることを願って。

香月 航

虚弱《きょじゃく》タンク令嬢《れいじょう》は年中無休《ねんじゅうむきゅう》で発熱中《はつねつちゅう》
派遣先《はけんさき》が人外魔境《じんがいまきょう》だったのです…。

2022年10月１日　初版発行

著　者■香月 航
発行者■野内雅宏
発行所■株式会社一迅社
〒160-0022
東京都新宿区新宿3-1-13
京王新宿追分ビル5F
電話03-5312-7432(編集)
電話03-5312-6150(販売)
発売元：株式会社講談社
(講談社・一迅社)

印刷所・製本■大日本印刷株式会社
ＤＴＰ■株式会社三協美術

装　幀■世古口敦志・前川絵莉子
(coil)

ISBN978-4-7580-9493-1

この本を読んでのご意見
ご感想などをお寄せください。

おたよりの宛て先

〒160-0022
東京都新宿区新宿3-1-13
京王新宿追分ビル5F
株式会社一迅社　ノベル編集部
香月《かづき》 航《わたる》 先生・山下《やました》ナナオ 先生